スクールカースト復讐デイズ
正夢の転校生

柴田一成

宝島社
文庫

宝島社

スクールカースト復讐デイズ　正夢の転校生

はじまり

『岩崎《いわさき》が自殺したって』

クラスメートの西川《にしかわ》航《わたる》から、スマホにメッセージが入った。岩崎とは、同じく同級生である岩崎優也《ゆうや》を指している。

まさか……あの優也が？

唐突な死の知らせに、俺は固まった。どう返信していいかもわからない。

本当なのか？　あるいは冗談かもしれない。航ならやりかねないことだ。いや、さすがにそんな性質《たち》の悪いイタズラはしないだろう……。ということは、本当に死んだのか。

思考は頭の中で、ぐるぐると堂々巡りを続けた。

どこからか、緊急を知らせる信号のような音が聞こえてくる。普段から聞き慣れた音色だ。その音は、耳元でどんどん大きくなっていく。

俺は手を伸ばして、その発信源をバチンと止めた――。

目を覚ました俺は、すぐにスマホを手に取り、メッセージがないことを確認して大きく安堵《あんど》のため息をついた。

部屋の外ではちゅんちゅん鳴く鳥の声が響いている。

嫌な気分だ。友達が死ぬ夢を見るとは……。

ぎりぎりまで寝るためにセットしてある時計が鳴ったということは、急がねばならない。だがそのあとも、しばらく脱力したように動けなかった。

「颯太《そうた》、遅刻するよ！」

階下からの母さんの声でようやく腰を上げた俺は、悪夢を振り払うように制服に着替えた。うちの学校は学ランだが、もう六月で衣替えしたのでズボンの上にカッターシャツを着るだけだ。背中に背負えるようになっているダサい指定鞄《かばん》にスマホを放り込み、部屋を出た。

一階では母さんが朝食と弁当を作っている。テーブルについた親父は、食事を食べながら朝のワイドショーを見ている。代わり映えのない、我が野口《のぐち》家のいつもの光景だ。

「学校どう?」

テレビ画面から目を離し、親父が尋ねてくる。

「別に、いつも通り」

俺はシャツのボタンを留めることと、ワイドショーに表示されている時刻を見る方に忙しい。

「部活は?　頑張ってんのか?」

「うん、頑張ってる頑張ってる」

朝晩しか会わない息子と少しでも交流を持とうとしてくれるのは有難いが、悪夢のせいで今はとても相手をする気分ではない。

キッチンからは母さんが顔を出し「パン焼く?」と尋ねる。

「ごめん、時間ない!」

一刻も早くこの場をやり過ごしたかったので、俺は顔も洗わず、食卓に用意されている牛乳だけを飲んで、弁当を受け取った。

「時間ないんなら早く起きればいいのにっていつも言ってるでしょ」

「行ってきます!」

まったくもう、という母さんの声を背中に聞きながら家を飛び出た。

中学二年の一学期が始まって二か月。外はもうすっかり初夏を迎えて汗ばむくらいだ。

山と丘陵に囲まれ、海沿いにあるこの町は、堤防と岩場が続き、坂が多い。高台の上にある学校までは十五分ほど息を切らさねばならない。禁じられている自転車でこっそり登校している強者《つわもの》もいるが、俺はこの坂に逆らうのはごめんだった。

生暖かい潮風に吹かれながら、急な勾配を上る間も、頭の中には今朝の夢が残っていた。

マジで嫌な夢だった……。

表向きは持参が禁止されているスマホをこっそり鞄から出して、もう一度画面を確認する。やはり、優也が自殺したなどというメッセージはきていない。

ちらほらと遭遇する登校中の友達と挨拶を交わすと、いつもと変わらない日常にほっとした。本当に生徒が死んでたりしたらこんなはずはないからだ。

俺は、自分が勝手に夢を見たにもかかわらず、メッセージを送ってきた航に腹が立った。あいつめ、覚えてろと思いつつ、夢で良かったと改めて胸を撫《な》で下ろして学校の門をくぐった。

後方の扉から教室に入ると、優也の机に人だかりができている。窓際から二列目の一番うしろだ。クラスの人数は奇数だったので優也の席は隣がなく、ひとつだけ飛び出ている。その机を囲んで男子も女子もみんなで手を合わせていた。

なんだ？　待ってくれ……もしかして……夢じゃなかったのか……。

嫌な予感に、その場に立ちすくんでいると、西川航と遠藤大和《えんどうやまと》が近づいてきた。

「颯太、おまえも供養してやれよ」

航は小柄でお調子者の悪友だ。小学校は別だったが、中学で一緒のクラスになり、部活も同じサッカー部なので年がら年中一緒にいる。

「家で首吊《つ》ったんだって」

重苦しい口調で言う大和は、ひょろりとした長身の悪友ナンバーツーだ。航と同じ小学校で、元々仲が良かった二人に俺が加わった形だ。

その二人が今は深刻な顔で俺の手を引く。背中を押されて輪の中に足を踏み入れると、『安らかに眠って下さい』と書かれた紙の上に、花を挿した花瓶が飾られているのが見えた。

言葉が出なかった。

女子たちは手で口を覆いながら互いに目を合わせ、男子は今にも泣き出しそうな顔で俺の方を見る。

そしてその歪《ゆが》んだ顔が……吹きだした。

「ぶあっはっはっは」

その場の全員がゲラゲラと笑っている。

「もう！　なんですぐ笑っちゃうのよ」

「ほんとだよ。もうちょっと引っ張った方が面白かったのによ」

「野口、単純だから面白《おもしれ》え！」

口々に言うみんなを見て、俺はようやく気付いた。

「ウソなの？」

「あたりまえだろ」

「ごっこだってよ、葬式ごっこ」

航と大和が、笑いが収まらない様子で答える。

安堵よりも、騙《だま》されたことの恥ずかしさと怒りで俺は航をヘッドロックした。

「ふざけんなよてめえ！　この！」

「俺たちもさっきダマされたんだよ。あーウケる」

「ていうかさあ」他の生徒が口を挟む。「今日も岩崎来なかったらせっかくこれ用意した意味なくね?」

「そうだよ。これ見たあいつがどんなカオするかが一番見たいんだからよ」

さすがにやりすぎだと思った。

この机を囲んでいない、自分の席についているやつや、友達としゃべっている子たちの中にも、そう感じている者はいるかもしれない。だが、彼らはここの集団には無関心というか、自分たちとは違うところで起こっていること、とでもいうような顔をしている。

「まったく、悪い冗談やめてくれよ」

「マジメに受け取んなって」

大和も俺の肩を叩《たた》く。

航と大和はこのイタズラに加担するというより俺をハメたかっただけのようだが、みんなは本気ではしゃいでいる。俺は彼らに合わせて笑いながらも、内心はおかしくもなんともなかった。

岩崎優也——かつて、俺と優也は親友だった。

小学校五年で彼が転校してきたとき、席が俺のうしろだったので話すようになった。転校生のうえ、元々シャイで人づき合いが苦手だった優也に、俺が声をかけたのだ。

静かで勉強ができる優也と比べて、俺は落ち着かず成績も悪い。でも、なぜか気が合った。物知りだった彼は色んなことを教えてくれたし、俺もそういう友達を持っていることが誇らしかった。よく、同じタイプの人間より、正反対の方が合うというが、優也と俺もそうだったのかもしれない。放課後も休みの日も、お互いの家に遊びに行って一緒に過ごした。

だが、中学に入って新しい友達ができるにつれて、俺はそっちが中心になり、逆に優也はひとりでいることが多くなった。その頃には俺も、優等生の優也と自分は人種が違うと感じていたので、大して気にも留めなかった。

「岩崎ってさ、なんかウザくね？」

と誰かが言っていじめが始まったのは、中学一年の終わり頃だ。これも誰から始めたのか、岩崎に触ると菌がうつると言って避けるようになった。

いじめの原因は、彼が母子家庭だったからではない。性格がひねくれているだとか、身なりが汚いといったことでもない。優也は成績優秀だし、きれいな顔立ちで服もちゃんとしている。

ではなにが原因か？　明確なものはない。ただ、無口で表情を顔に出さない優也は、それが相手によっては嫌味に見えたり、見下していると思われてしまうことは確かだ。本人はまったく変わっていないはずなのに、小学校の頃に物静かでおとなしいと捉えられていたキャラクターは、陰キャと呼ばれる真逆の効果を生んでいた。

また、身体的なものも影響している。中学生になって周りが大きくなる中、優也は小学生のようだった。つまり成長が人より遅い。男子の世界では、弱そうなやつはバカにされる。

そうした理由が重なって、いじめに発展していったんだと思う。

無視や嫌がらせは加速し、二年生になる頃には手が付けられなくなっていた。わざと聞こえるように陰口を言う、みんなで笑う、机や教科書への落書き、上履きを隠す、なんでもアリだった。

優也は無言でそれらを受け止めていたが、それが余計に事態を悪化させていた。なにをしても泣いたり怒ったりしない彼の姿勢は、みんなをさらになんとかしてやろうという気持ちに駆り立ててしまうのだ。

優也のいじめに特には参加していなかった俺も、いつの間にか周囲の流れに身を任せるようになった。気づくと、陰口には同調し、みんなに合わせて笑っていた。優也が人をバカにしたりしないことや、無表情が裏目に出ていることはわかっていたが、自分の中では罪悪感や同情よりも、仕方がないもの、という考えが勝っていた。同調バイアスと呼ばれる集団心理は恐ろしい。周りのみんながやっていれば、それが当たり前となり、それに合わせてさえいれば安心と思ってしまう。積極的に人をいじめるタイプではない航と大和でさえ、小学校から優也のことを知っている俺と違ってなじみがないぶん、抵抗なくそのノリに染まっていった。

優也はだんだんと欠席が多くなり、最近は不登校になっていた——。

八時三十分のチャイムが鳴ると、優也の机の紙や花瓶はさっさと片付けられ、みんなそれぞれの席に戻って行った。

「おはようございます」と近野《こんの》裕子《ゆうこ》が教室に入ってくる。彼女は四十代半ばの担任で、メガネをかけた地味な国語の教師だ。

朝の出欠は、ひとりひとり名前を呼ばれて返事をする。先生はその様子を見て、生徒の体調が悪そうだったりしないかなども確認するのだそうだ。当然、来ていない者がいたら家に連絡がいく。優也の机は空席だったが、ずっと休みとなっているからか、家から既に欠席の連絡を受けたからか、先生は岩崎の名前を呼ばず、気にも留めない様子ですぐに次の名前を読み上げていった。あるいは意識的に事を荒立てないようそうしたのかもしれない。

近野先生は、いつも教室のうしろの壁を見ながら話す。要するに生徒たちとはあまり目を合わさない。でも悪い印象はあまりなかった。一年のときの、いちいち誰かと目が合うと話しかけたり質問をあててくるウザい担任よりずっといい。もしかしたら近野先生はなにか過去の経験から、わざとそうしているのかもしれない。生徒たちとは一定の距離を保っている方がいいと。

そうして先生は、「季節の変わり目だから体調管理に気を付けましょう」だとか「今日も一日頑張りましょう」といった通り一遍の言葉で切り上げて教室を出て行った。

俺の席は、優也と同じ窓際から二列目の真ん中で、うしろには航が座っている。小学校の頃、俺から振り向いて優也に話しかけていたのと違って、今はもっぱら前の席にちょっかいをだしてくる航の相手をする格好だ。こいつはいつも俺の肩に手をかけて、ぐいっと振り向かせるのだ。

「颯太の驚いたカオ、傑作だったし」

「うるせえよ。今度おまえの死亡説を流してやる」

とやりつつ、俺は朝の夢との奇妙な一致に気味の悪さを感じていた。優也が死んだというメッセージの夢を見たら、学校で葬式ごっこのイタズラが行われた。この日だけであれば、単なる偶然で済ませていただろう。だが、再び俺はこの不可解な現象に見舞われることになる——。

転校生

それは、まるでマンガやドラマのような光景だった――。

美少女が転校してくる。朝礼で先生と一緒に教室に入ってくる生徒。さらさらのショートヘア、大きな瞳、すっと通った鼻、制服の裾から伸びるスラリとした細い足。こっちへ向かってくる。俺と目が合う。そして――。

目覚めたとき、まだ胸がドキドキしていた。会ったこともない女の子が夢に現れた……。もしかしたらただ単に昔見た映画かなんかのワンシーンの記憶が頭のどこかに残っていただけなのかもしれない。それにしてもこの胸騒ぎはなんだろう？　運命の相手と出会う期待感？　いや、それだけじゃない。不安？　衝撃？　なにか色々なものが混ざり合ってる感じだ。

でもきっと、こういうことがあったらいいな、と心のどこかで思っているんだ。その甘い余韻に浸ったまま、鳴る前の目覚ましを解除して学校に行く支度をした。

夢というのは不思議なもので、実際に経験したような感覚がしばらくの間、体を支配する。たぶん、夢の世界では本当に起こっている出来事なので、マンガやゲームと違って、脳や体にダイレクトに五感の信号が伝わるからだろう。

登校中、なおも俺は、朝起きた時そのままの気分を引きずっていた。転校してきた美少女は、俺の隣の席になって、二人は仲良くなる。そして恋に落ちて楽しい学校生活が始まる……。勝手にイメージが広がり、俺は理想的な展開を想像して楽しんだ。現実にはそんなことはあり得ないとわかっていても、そういう夢想に身を任せるのは嫌いじゃない。

教室では航と大和が意味不明のやりとりをしていた。

「アニメの学園ものでさ、女がみんな髪の色が紫だったり黄色だったりするじゃん、あれ絶対校則違反だと思わねえ?」

「アニメだからな」

「子供はアニメに影響されるんだよ。マネするやつがいたらどうすんだよ」

「いや実際やるやついないだろ」

大和の質問にアニヲタの航がマジメに答えている。

「そんな会話してるのもおまえらだけだろ」

俺は割って入った。俺たちはこんな感じの平和なグループだ。

その後も続く二人のくだらない話を聞いているときも、なんだかふわっとしたいい気分が抜けないでいた俺は、次の瞬間、目を疑った。朝礼のチャイムと共にやってきた近野先生のうしろから、夢と同じ美少女が入ってきたからだ。

あまりの驚きに、俺は周囲の生徒たちがざわつきながら席につく中、しばらく動けなかった。

彼女はみんながはっとするくらい、本当に美少女だった。夏服になったばかりの白いセーラー服に白いハイソックスという、いかにも清楚《せいそ》な組み合わせ。八頭身の小さい顔に似合っているショートヘア、きりっとした目、細い体——まさしく夢の中で見た少女と同じだった。実際に目の前にいると、さらにその存在感を増している。

「起立、礼、着席」という大して意味を感じない儀式と出欠を終えて先生が紹介する。

「みんなさっきから気になっていると思いますが、今日から新たに転入生が加わります。藤村咲良《ふじむらさくら》さん。みんな仲良くしてあげて下さい。特に初めはわからないことも多いと思いますので、色々教えてあげるようにね。じゃあ藤村さん、自己紹介をどうぞ」

緊張しているのか、笑顔は見られなかった。彼女はなにも言わず、頭も下げずに黒板に振り向き、チョークで大きく自分の名前を書き始めた。変わった子なのかもしれない。

『藤　村　咲　良』――きれいな字だ。書き終わってくるりと向き直った彼女は、クラス中をゆっくりと見渡す。

俺は彼女がどういう声で、どんなしゃべり方で、どういった挨拶をするのか期待した。みんなも、特に男子は興味津々だったろう。しかし、その口から静かに発せられたのは「あたしの席は？」のひと言だった。

「え？　あー、窓際の一番うしろ、今空いてる席の隣」

先生が困惑気味に答える。

見るとそこにはいつの間にか座席が用意してあった。窓際、つまり俺の隣の列だ。ひとつ飛び出た優也の横だったので、ほとんどの者は新しい机に気づいていなかった。

なるほど、学校はそれはちゃんと対応するはずだよな、と思った。自分が夢想した、ドラマやマンガのように都合よく主人公の隣が空いていて、先生が「野口くんの横が空いてるわね。じゃあそこに座って」などという展開はあり得なかった。

彼女——咲良は、そのまま教壇を降りて歩き出した。

「あの、藤村さん？　ひと言挨拶して」

面食らった様子で近野先生が呼び止めるも、咲良はすたすたと俺の列を通って指示された席を目指す。こっちへ向かってくる。もうすぐ目が合う——俺は夢が再現されている状況と、彼女の態度に唖然《あぜん》としてその顔を凝視していた。

だが、その視線に気づいた彼女は、信じられない言葉を俺に浴びせた。

「じろじろ見るなッ」

教室中が凍ったようだった。咲良はすぐに再び歩き出して自分の机に座った。

みんなは顔を見合わせ、言葉を失っている。咲良の行動を気にする一方で、先生がこの状況にどう対処するかを見守った。

「藤村さんも……初日で緊張しているようだから、今日はみんな気遣ってあげて下さい」

先生は咲良に向き合うことより、この場の生徒たちを落ち着かせる方向を選んだ。

その判断は正しいように思えた。ここで彼女と問答してやっかいなことになるよりマシだろう。朝礼の時間は十分間しかないのだ。

そうして動揺を隠しながら、先生は早々に教室から引き揚げた。

一時間目は夏目洋一《なつめよういち》による社会の授業だ。夏目先生は五十を過ぎたベテラン教師だが、のんびりしていて終始退屈だ。生徒が聞いていようがいまいが、ひとり淡々と話を進める。おのずと教室内は、みんな好き勝手にしゃべったり、寝たり、マンガを読んだりするカオスになる。

俺は斜めうしろの咲良にチラリと目をやった。一応教科書とノートは机に出ているものの、開かれてはいない。ぼんやり窓の外を見ている姿は、反抗しているようにもカッコつけてるようにも見えなかった。すべてを放り投げている感じだ。

しかし、この日も夏目先生はいつもと変わらず、転校生など気にも留めない。だから咲良が注意されることもなく、授業は無事終わった。

十分間の休み時間は、先ほどの一件から、みんなは咲良に話しかけることもできず、チラ見しながらヒソヒソ話している。

当の彼女はそんな周囲をよそに、やっぱり窓の外を眺めていた。

「おまえ、いきなり怒鳴られてるし」

その姿を見ている俺の横顔に航が意地悪く笑う。

「ヤベえじゃん、颯太、目ェつけられたんじゃね？」

俺たちの席にやってきた大和も重ねてくる。

今は航たちの挑発に乗る気にならず、俺は懸念をそのまま口にした。

「次の授業、大丈夫かな」

「確かに……」

「沢田《さわだ》だもんな」

「沢田にマウントとれたらすげーし」

二人もその点には気づいて同意した。

沢田春義《はるよし》は数学の教師だ。三十そこそこの若手で、神経質なうえに生徒が言うことをきかないと感情的にしつこく責める粘着タイプだった。そのせいで俺は、ただでさえ苦手な数学がさらに嫌になっている。たぶん同様の生徒はたくさんいるだろう。

そして、次の二時間目は、その沢田の授業だった。

——不安は的中した。

黒板に問題を書いた沢田が、クラス名簿を確認してうしろの席に目を向ける。

「じゃあ、次の問題は、転校生の藤村さんにやってもらおうか」

咲良は無反応だった。

「どうした？　前に出てきなさい」

沢田の顔色が変わった。黙っている咲良の方に向かって行く。

「なんだ、教科書も開いてないじゃないか。立ちなさい！」

予想に反し、咲良は素直に立ち上がった。

「黒板の前に行って、解答を書きなさい」

だが、それ以上彼女は動かなかった。じっと沢田のことを見ている。

「ほらっ！」と再び声を荒らげる沢田。

「こっちだ！」

ついに沢田が咲良の腕を引っ張り、連れて行こうとする。

教室中が注目する中、俺は今朝の夢を思い出していた。期待感だけではない、なにか不安や衝撃といった感覚が混ざっていた。そう、なにかが引っかかっていたんだ。夢の中の不穏な記憶が頭の奥にわずかに残っている。

その正体はこのあと判明した。

咲良は強引に腕をつかむ沢田の手を振り払い、教室の窓を開けたかと思うと……そこから外に飛び降りた。

「きゃあ！」

女子たちが悲鳴を上げ、男子はどよめく。沢田も「あっ！」と言って窓に駆け寄った。つられてみんなも窓に詰め寄り、下を覗《のぞ》きこむ。

この学校は三階建てで、一年が三階、二年が二階、三年が一階の教室になっている。二階にある俺たちの教室の下には校舎入り口から続く小さな屋根がせり出していた。少し前まで三階で過ごしていた俺たちはそれを忘れていて、あたかも彼女が飛び降り自殺したような錯覚に陥ったのだ。

授業中、窓の外を眺めていた咲良は、当然屋根の存在にも気づいていたのだろう。下を見ると、そのせり出した部分を器用に渡り、横に沿っているパイプを伝って校庭に着地した。

「こらっ、戻りなさい！」

沢田の怒声を無視して咲良は校庭を走って行く。体育の授業中だった生徒たちも驚いて見送る。きれいなフォームだった。嫌味な教師の強制を断ち切って駆けて行くその姿は爽快ですらあった。

そうして彼女は、机に教科書や鞄を残し、上履きのまま校門を走り抜けて、俺たちの視界から消えた。

予知夢

教室の咲良――。

机――。

俺を睨《にら》みつける眼差《まなざ》し――。

またも目覚ましが鳴るより先に目が覚めた。

気分が悪い。嫌な感じだ。だが、なにが嫌なのかわからない。彼女に睨まれたからか？　いや違う……。とにかく、再び俺の夢の中に少女は現れた。シーンの羅列といった感じだが、教室で座っている様子、その机、そして俺の方を見たその顔は紛れもなく咲良だった。きっと昨日起こったことがよほど強烈な印象だったから、そのイメージが夢に現れたんだろう。

藤村咲良――あれから学校内は生徒も教師も騒然となった。初登校の二時間目にして授業を放棄し、学校から消え去った転校生は、各方面に影響を与えた。職員室では緊急会議が開かれたようだし、生徒たちの間では彼女の噂《うわさ》話が飛び交っていた。前の学校ではヤンキーだったとか、誰かを病院送りにしただとか、父親がヤクザだとか……。どれもウソくさいように思えたし、本当のようにも思えた。

けど俺は、再び起こった夢との合致が引っかかっていた。美しい転校生がやってくる夢を見たら、本当にその美少女が現れた。現れただけなら百歩譲って偶然としよう、しかしあのとき——彼女が窓から飛び降り、校庭を走り去る行為には予感があった。夢を見た際に、わずかに不吉なイメージも伴っていた。そうなることを俺は知っていた気がする——。

学校に着くと、教室内は昨日に引き続き咲良の話で溢《あふ》れ返っていた。これまた、今度は学校に放火するだとか、どっかのマンガみたいに暴走族を引き連れて校庭にバイクが並ぶとか……。

「あーあ、窓際の一番うしろってのはヒロインの定番の席なんだよ。敵キャラじゃないんだよ」

俺はうしろの席でヲタク観点の持論を展開する航を振り返った。

「アニメの設定に当てはめるおまえもどうかしてるけどな」

「アニヲタなめんな！」

「不良とか連れてきたらどうすんだろう？　小島《こじま》だったら相手できるかな？」

横に来ている大和は割と本気で怯《おび》えている。小島とはウチの学年でも一番強いとされている小島久仁夫《くにお》のことだ。

「でも待てよ、不良で美少女っていうのはさあ、実は孤独なんだけど強がって弱いとこ見せられないってのが王道なんだ。だからそこに優しい男が現れたりしたら変わるのかもしれない」

もはや咲良のことをアニメキャラとして捉えている航に、

「じゃおまえが変えてくれよ」

と言うと、やつは真剣なカオで答える。

「嫌だよ。俺はもっと純粋で正統派の子じゃないと」

おまえにそんなやつできるわけないだろと言おうとしたとき、うしろの扉から咲良がふらりと現れた。みな一斉に会話をやめて注目する。

彼女はそのひとつひとつを睨みつけながら自分の席に向かう。その進路にいた者は怖れるように道を開け、目が合った者はことごとく視線を逸《そ》らした。

担任の近野裕子による朝礼は普段どおりの調子で行われた。出欠で名前が呼ばれ、「はい」と低く答える咲良はやはり不気味だ。みんなは今日もまたなにか波乱が起きるのではないかと、恐れると同時に期待もしていた。

だが、続く一時間目以降の授業でも先生たちは咲良に問題を当てたりはしなかった。たぶん職員会議で、問題の転校生に対しては刺激せずしばらく様子をみるように、といった措置にでもなったのだろう。

そうして各教科は何事もなく進められ、昨日のような咲良の暴走は見られなかった。ただ、近野先生による国語の時間では意外なことがあった。

「藤村さん」

先生が呼びかけたので、みんなは驚いて咲良に目を向けた。見ると彼女は机に突っ伏して寝ているようだった。無反応の咲良に再び先生が「藤村さん！」と強く声をかけると、ようやく顔を上げた。

「授業中ですよ」

教室の者は、咲良がまた窓から飛び出るのではないかと固唾《かたず》を呑《の》んだ。

「はい」

しかし彼女は淡々とした口調で先生に従ったのだ。みんなの予想は期待外れに終わり、昼休みを迎えた。

うちの学校には給食がない。みな弁当を持参し、仲の良い集団ごとに机を並べて昼食をとる。俺は航と机が前後に並んでいるので、いつもそのまま椅子をうしろ向きにし、そこに大和が自分の椅子だけ移動してきて三人で一緒に食べている。

「こないださ、電車の中でコンビニのやきそば食べてたら、なんか大人の人に怒られちゃったよ」

「それおまえが悪いだろ」

大和がわけのわからない話を切り出し航がツッコんでいたが、俺はそんな会話よりも、咲良の方が気になった。今の状態では一緒に食べる者などいないだろう。

見ると、弁当を持ってきている様子はなく、彼女はなにも持たずに立ち上がって教室から出て行く。昼休みは食べ終わった者から自由なので、教壇に座る近野先生も特に気にしない。というより、そもそも先生はいつも黙々と自分の弁当を食べていて生徒の行動など頓着していない。きっと授業以外は生徒自体に興味がないのだ。優也に関してだってそうだ……。

本来咲良の隣の席にいるはずの優也は、今なお不登校状態が続いている。最初の頃、先生は「岩崎くんは体調が悪くてしばらくお休みしています。また学校に来るときがきたらみんな優しく迎えてあげて下さい」と説明していたが、今はそうした話すらしない。近野先生に限らず、いったい先生たちは不登校の理由を知ってて言ってるんだろうか。

たぶん、優也はいじめのことを親や学校側に話したりはしない。そしてそれを察知したり気に掛けるような教師も、残念ながらいるようには思えなかった。

そんなことを考えるうち、気づくと、いつの間にか咲良の机につぶれたジュースの紙パックや食べ終わったパンの袋が置かれていた。そこで弁当を食べていた者はいない。ということは誰かがわざとそこにゴミを捨てたのだ。

だがこれは……既視感がある。今朝の夢の中だ。机――そうだ、机の上になにか載っていた。ゴミが置かれていたんだ。昨日のイメージを夢に見たんじゃない。今起こっている光景を見たのだ。

「まただ」

と言った俺の視線を追う航たち。

「あーあ、またああいうことを」

優也のときのいじめを連想したらしい航は「また」の意味を履き違えていたが、それどころじゃなかった。再び夢で見たシーンが再現されたのだ。これは予知夢ってやつかもしれない。俺は少し怖くなったが、平静を装った。

「誰がやったんだよ」

「さあな、でもやったやつ強《つ》えーな。バレたら半殺しかもだろ」

大和が肩をすくめて身震いのマネをする。

確かに、これを見た咲良がなにをしでかすかわからない。しかしどこに行ったんだろう。もしかしたら、またそのまま帰ってしまったんじゃないかと思ったとき、彼女が教室に戻ってきた。

机の上に散らかったものを見た咲良は、表情も変えずにそれらを手に取り、ゴミ箱に捨てて席に戻った。

密かに注目していた教室の者たちは拍子抜けしたように再びおしゃべりを始める。教壇で食べている近野先生はそれらに気づいてもいない様子だ。

そこで再び優也を思い出す。彼のときもこうだった。誰かが性質の悪いイタズラをしても誰もなにもしない、なにも言わない。みな我関せずだ。そしてふと感じた。これだ。夢から覚めたときの嫌な気持ちの正体はこれだ。

「航、サッカー行こうぜ」

昼休みの残り時間は、いつも俺と航は校庭にサッカーをしに、大和はバレー部仲間と体育館にそれぞれ別れる。俺は不快な気分を振り払うように教室を出た。


「ねえ、LINE《ライン》教えてよ」

午後の授業も終わり、部活に向かおうとしていたときだ。勇敢にも咲良に話しかけた猛者《もさ》がいた。河合美帆《かわいみほ》。気の強そうな顔つきの通り、女子の中で一番幅を利かせている存在だ。中学生でありながらカールがかかった髪に短いスカート、先生に見つからないようにこっそりつけまつげやネイルチップとかいうのをつけていて、いつも似たような格好の子分を数人、つき従えている。

俺は思わず振り返ってその様子を見守った。周りにいた者も顔を見合わせて注視している。もしかしたら河合は、咲良のことを自分たちと同類の人間と考えて声をかけたのかもしれない。いったいどんな事態となるのか……。だが、ここでも肩透かしを食らった。

「スマホ持ってないから」

ひと言そう言って、咲良はそのまま河合の横を通り過ぎて行く。みんなは河合がどんな反応をするか気にしたが、咲良の進路に俺がいたことで流れが遮られた。

「どいて」

きつい口調で言われて咄嗟《とっさ》に道を開けた。そうして咲良はさっさと帰ってしまう。残された河合も、居心地が悪そうに仲間の女子に「いこ」と言って別な方向に去って行った。

でも俺は、言われた言葉よりも、咲良から向けられた視線に衝撃を受けていた。こちらを睨みつける深く沈んだ眼。それは夢で見た彼女の瞳だったのだ――。

『予知夢とは霊的なもので、邪心のない人、潜在意識をつかさどる右脳が発達した人などがそうした夢を見る能力を持っています。もしあなたが悪い予知夢をよく見るとしたら、あなたの持っているコンプレックスやネガティブな意識を浄化する必要があります』

家に帰り、リビングにある親のノートパソコンで『予知夢』を検索した俺は、色んなサイトに書かれている説明を読み込んでいた。『なにか未来を暗示する夢を見る現象であり、自分が持っている知識や経験からは想像もできないような物や事柄が現れたら、それは予知夢の可能性がある』らしい。会ったこともない人物が登場して、予言めいたことを言ったりする具体的なものもあれば、強烈な色や数字、形、景色などが出てきて、間接的に未来に起こる出来事を示す場合もある。霊魂や天使が未来についてのメッセージを託したり、知っている人物、例えば歴史上の偉人や芸術家、イエス・キリスト、あるいは死んでしまった身近な人などの姿を借りて伝えてきたりもする。『なにかに迷っているとき、人生の転機を迎えているときなどに、その方向性やヒント、指針を与えてくれる』……のだそうだ。

そしてその予知夢の中に『正夢《まさゆめ》』と呼ばれるカテゴリーがある。こちらは抽象的な予知夢と違い、近い将来に起こる出来事をそのまま夢に見る場合だ。飛行機が墜落する夢、宝くじが当たる夢、誰かに出会う夢など。だから、俺の夢はこの『正夢』に該当するんだと思う。

しかし、いずれにせよサイトの中身はどれもほとんどオカルトに近い内容で、科学的、あるいは医学的な根拠や説明はない。たいして参考にもならず、ため息をついてノートを閉じた。

みんなが咲良のことを、まるでワイドショーを楽しむかのように興味本位で見ている。なのに俺だけが、夢に出てくる彼女に頭を悩ませられている。

これにはなにか意味があるのだろうか。そもそも予知夢なんかじゃないのかもしれない。今朝の夢にしても、異端者に対してみんながどういうことをするか予想できたからではないか。優也を見ていれば、机にゴミが置かれるような嫌がらせは十分想像できる。たまたまそんな展開を夢に見た、というだけの気もする。

もしまた今夜、なにか決定的な夢を見たなら、その超常現象的なものとやらを信じよう。そう考えながら寝床に入った。

正夢

「おまえ、藤村のこと見過ぎだろ。もしかして好きになっちゃった？」

航にからかわれ、はっと我に返った。ついに三日連続で咲良の夢を見てしまったせいか、彼女のことで頭がいっぱいになっていた。

今朝見た夢はこうだ。

机の上の足跡――。

咲良の頭に、うしろから投げつけられるテニスボール――。

下駄箱を覗いている咲良――。

この三つの出来事が、断片的に出てきた。昨日よりも具体的になっている。

航など気づいていないようだが、朝、学校に来たときに咲良の机につけられた上履きの足跡を発見したときは興奮した。俺には本当に能力があるのかもしれない。

登校した咲良は、黙ってそれをハンカチで拭き取り、座った。

次も夢の通りだとすると、頭にテニスボールが投げつけられるはず。それを確かめようと咲良のことを凝視してしまっていたのだ。

「ちげーよ」

「颯太、Mだろ。女子に怒鳴られる快感に目覚めたんだよ」

大和もツッコんでくる。

「おまえなあ」

「いや、でも俺はあの子はリアルツンデレだと踏んでるからな」

「なんだよそのリアルツンデレって」

「だからリアルなツンデレだよ」

アニメの中じゃなくてリアルにいるツンデレと言いたいらしい。

「つーことは、仲良くなったらデレデレすんのか?」

今度は大和がなにやら頭の中で想像してニヤついている。

「そうなんだよ、デレデレしちゃったらMには向かないことになる。けどまあ、厳密にはデレッとする瞬間がたまにあるからエモいワケで、基本は高飛車だから、やっぱりMの颯太に向いてると思うぞ」

またもや航が講釈を始めたので、俺は無視することにした。

そう、今は咲良のキャラ云々《うんぬん》を気にしてるのではない。夢に出てきた出来事が本当に起こるかどうかを知りたいのだ。だから今日は、彼女の動向をちゃんと監視しなければならない。残る二つの夢——投げつけられるボールと、下駄箱を覗きこむ様子——が再現されるかどうかを……。


午前中の各授業は、ＣＤを聴かされただけの飯田《いいだ》先生による音楽や、うしろの壁を見ながら話す近野先生の国語、退屈な夏目先生の社会と普通に行われ、特になにも起こらなかった。四時間目の体育は男女が分かれてしまうので、咲良の監視は不可能だった。その間にボールが投げつけられたり、下駄箱になにかされたりする可能性も考えられはしたが、女子は体育館だったので、咲良が下駄箱に接触することはない。ボールに関しても、夢の中では投げられるのはテニスボールで、場所も教室の中だったので、まだ実行はされていないはずだ。

そして迎えた昼休み——。

今日もまた、なにも食べずに席を立つかと思われた咲良は、意外にもかわいらしい弁当箱を広げた。初日に午前中で帰ってしまった彼女は、昨日、初めてうちの学校に給食がないことを知ったのかもしれない。ひとり黙々と箸を口に運んでいる。

航と向かい合って食べる俺は、うしろ向きに座っているおかげで、その様子を自然な形で観察できた。咲良が座っている以上、机にゴミが置かれることはないだろう。またイタズラしようと思っていた者がいたとしたら悔しがっているはずだ。

だが、食べ終わった咲良が弁当箱をしまうために、鞄をとろうと窓側を向いたとき、その後頭部にテニスボールが投げつけられた。

俺はすぐにボールが飛んできた方向を振り返った。一部の女子たちがニヤニヤと笑っている。その中心にいる河合美帆。彼女の仕業に違いない。河合はテニス部だ。そして昨日の件を根に持っているはずだ。

咲良に目を戻すと、一瞬、振り向いたかと思われたが、すぐに弁当をしまう動作に戻っている。

教室のみんなも感じていたであろうことを大和が口にした。

「あいつ、反応しないじゃん、もしかして単なるヘンなやつなんじゃねえの？」

「……そうなのかな」

ゴミが捨てられても、足跡をつけられても、ボールを投げつけられても無言でそれを受け止めている咲良の姿には、俺もそう思わざるを得ない。最初の頃に周囲をことごとく睨みつけていたような態度も、今は見られない。犯人が誰かわからない机へのイタズラなら仕方がないが、今のは明らかに投げつけたやつがそばにいるのだ。初日にとった咲良の言動からするとつかみかかるくらいの反応をしてもおかしくない。きっと河合もそれを想定はしていて、いざそうなっても数で勝る分なんとかなる、と踏んでいたのだと思う。

みんなは咲良がいったいどんな人間なのかを測りかねていた。だから昨日今日と小出しにちょっかいを出してきた。机にゴミを置いたのも、足跡をつけたのもたぶん河合たちだ。そしてこれで確信したことだろう。咲良は凶暴な不良などではない。最初こそおかしな行動はとったが、裏で暴走族とかヤンキーみたいなのを引き連れているような人物ではなく、変わり者の〝ぼっち〟に過ぎない。なにをしても反抗してきたりはしないと。

一方で俺は別な確信に近づいていた。机上の足跡に続き、投げつけられるボールまで夢の通りだったのだ。残るは下駄箱を覗く咲良のイメージだが、もうここまでで決定的と言っていい。自分が特別な能力者かもしれないということに胸が高鳴っていた。

「なあ、正夢って見たことある？」

俺は航と大和に尋ねた。

「まさゆめ？　夢が本当になるってやつ？　あるよ」

意外な答えが航から返ってきた。

「あんのかよ！」

「ああ。でもあれってさ、つまりはデジャブと一緒らしいよ。どっかで見たことある、とかって脳がそう錯覚してるだけで、実際はそのとき初めて起こってるんだってさ」

「夢で見たかも、って思ってるだけってこと？」

「まあそうだな」

「じゃあ、今の時点で夢の内容を覚えてて、これからそれがほんとに起こったら？」

「俺もなんかで聞いただけだからよくわかんないけど」と航が続ける。「結局それも錯覚なんじゃねえの？」

本当にそうなのだろうか。

「なんだよ？　藤村の夢でも見たのかよ？」

大和がドキリとすることを言った。

「あ？　いや」

「やっぱ颯太、気になってんじゃん？」

顔を覗き込む航を、俺はぐいと戻した。

「ちげーよ。なんか今このカンジ、見たような気がしただけだよ」

「だからそれがデジャブなんだって」

脳の錯覚か……いや、違う。一度くらいならわかるが、三日連続なのだ。その前の葬式ごっこのことも入れると四日目だ。しかも今日はより具体的に足跡やボールの出来事が再現されている。


午後の授業は理科と英語だった。

理科の先生は田中武《たなかたけし》という中年教師だ。冗談好きで、「土砂がドシャーっと」とか「猫が寝込んだ」といったダジャレを連発して、一年生の頃は人気があったが、二年生にもなると、小学生レベルのジョークが飽きられるというよりも、ウケを狙うその姿勢を逆に見透かされて、今では生徒にしらけた目を向けられている。

英語は本間春香《ほんまはるか》という三十代の女性で、帰国子女らしく発音はネイティブだったが、そのわざとらしいくらいの言い方が気持ち悪く、こちらも生徒にマネされてバカにされていた。

共に授業では依然として咲良に質問が当てられることはなかった。藤村咲良にはしばらく触れずに様子をみるように、との措置と思っていたが、ここまでくると先生たちも彼女のことを無視しているのではないかと思えるほどだ。

そうして、なにごともなく午後の授業が終わった放課後、それでも俺は昨晩の決意——夢に見たことがすべて現実で起こったら、この超常現象を信じる——を成し遂げるために、昇降口を見張っていた。

夢では咲良が下駄箱を覗いていた。大方、靴にゴミかなんかが詰め込まれているのだろうが、そんなことはどうでもいい。その姿さえ確認できれば、俺は超能力者確定なのだ。

しかし一向に彼女がやって来る気配はない。もうすぐ部活が始まってしまう。最後の最後に否定されてしまうのか……。

もしかしたらもう帰ってしまったのかもしれないと思い、咲良の下駄箱を探そうとしたら、運悪く靴に履き替えている航に見つかってしまった。

「颯太、なにやってんだよ。部活行かねえのかよ」

「あ、ああ、すぐ行くよ」

「先行ってんぞ」

仕方ない。校庭に走って行く航を見送った俺は、諦めて自分の靴を出した。上履きを戻そうと顔を上げると——向こうに咲良が立っていた。下駄箱の中を覗き込んでいる。

やった！　俺は思わず小さくガッツポーズをとった。これではっきりした。もはや疑う余地はない。

俺は『正夢』を見た——。

行動《アクション》

「あら、こんな早くどうしちゃったの？」

「あ、うん、ちょっと朝練でね」

「それならちゃんと言いなさいよ。じゃ、お弁当急がなくちゃ」

「時間ないから今日はパン買ってく。ありがとう」

早朝、起きてきた母さんに適当に答えて家を飛び出した。


海沿いの通学路は嫌いじゃない。海岸に囲まれたこの町では、確かに潮風でいろんなものが傷む。チャリは錆《さ》びるし髪もバサバサになる。母さんは洗濯物がべたつくのが嫌だというし、親父は車の汚れをいつも気にしている。だけど開けた海の景色はやっぱりいい。気分が晴れないときも、少しだけその雲を取り払ってくれる気がする。けれど、梅雨時を迎えた今朝は雲も気持ちも晴れることがない。その暗雲に覆われたような気分は、再び見た夢の内容のせいだけではなかった。

机に書かれた落書き――。

背中に貼り付けられた張り紙――。

これらはたぶん、今日学校で起こるはずの出来事――咲良への嫌がらせだ。未来のことが夢に出てくるという、まるで映画かマンガのような現象に見舞われた俺は、昨日、その確認と検証に一日を費やした。ひとつめ、ふたつめと合致し、最後に下駄箱を覗き込む咲良を発見したときは、予知夢が証明された喜びでいっぱいだった。

そのあと、部活の最中に校庭を帰って行く彼女を見かけたとき、足元に気づいた。その足は上履きのままで、靴を履いていなかった。

思いかえすと、咲良が覗き込んだ下駄箱の中は空だった。靴にゴミが詰められていたとかじゃない、靴自体をどこかに隠されたのだ。だから上履きのまま帰るしかなかった。昇降口にいたときからだいぶ時間が経っていたから、きっとしばらく探していたに違いない。

どんな気持ちで咲良は帰って行ったのだろう。俺は、あのとき靴が入っていないのを見たはずなのに、頭の中は『正夢』成立の嬉《うれ》しさだけで占められていた。

校門を出て行く咲良のうしろ姿を見ながら、俺は少し自分を恥じた――。

そういうわけで、気分が晴れずにいた俺は今、小さな決心をしている。

三日間、夢で見た出来事がすべて現実に起こった。全部が咲良のことで、それ以外の夢は見ていない。つまりは単に未来の断片を見るのではなく、彼女に起こる問題だけを見せられていると言っていい。

ネットで読んだサイトによると、予知夢にはなんらかの意味が隠されているらしい。意味もなにも、これは俺になんとかしろということなんじゃないかと、色々考えた末に辿《たど》りついたのだ。

頑張って早起きした甲斐《かい》あって、教室には一番乗りだった。本当に部活で朝練がある連中もいたが、彼らは部室に直行なので教室には来ていない。

速攻で一番うしろの窓際にある咲良の席に行く。案の定、夢で見た通りの落書きがしてあった。

『ウザい』『学校来んな』

油性マジックで書かれているとわかっていたので、家から持ってきた消毒用のエタノールを使い、雑巾《ぞうきん》でごしごしと拭き取った。そして、いつもギリギリに登校する俺が早くいると不自然に思われるので、一度校舎の外に出て、人の来ない裏庭で時間をつぶし、普段の時間帯を見計らって戻ってきた。

朝練の者や、ちらほらと姿を現しだす生徒たちの目を避けるのは骨が折れたが、なんだかスパイ映画の主人公になったようで、ちょっとだけ楽しかった。

「おす」

「おはよう」

なに食わぬ顔で航と挨拶を交わし、席に着く。咲良はまだ来ていないようだ。第一任務終了。ちょっと自分が誇らしかった。

始業前は、そこかしこでそれぞれ友達どうしが固まっている。河合美帆たちのグループも教室のうしろで騒いでいた。イタズラ書きが消されたことに気づいてるだろうか。もしかしたらこの間にまた落書きされるかもしれない、と心配になった。

俺の席はうしろから三番目の位置だが、咲良の席は横の優也の席と共にひとつ飛び出た形なので、一列と机三つぶん離れている。つまり斜め後方の咲良を見張るのはなかなか難しい。うしろに座る航がいちいち突っ込むので、そうそう見るわけにもいかない。しかもこのときに限って航は俺に話しかけてこない。

「なあ、一時間目ってなんだっけ？」

わざと航を振り返って気づかれないよう窺《うかが》った。

「英語だろ。黒板の横に時間割あんじゃん」

「……だよな」

どうでもいいことを聞いてしまった……。

ほどなくして咲良が入ってくると、たむろしている河合たちがわざとらしく避ける。今までのように警戒して距離を置くのではなく、大げさに体をひねって避け、互いに顔を見合わせてクスクスと笑い合っている。

「あーあ、完全にハブだわ」

航がやれやれといった風に言った。

「また菌がうつるってやつ？」

やってきた大和が加わる。

「女版の岩崎みたいになっちゃったな……」

とつぶやいて航ははっと口を閉ざした。あの葬式ごっこを境に、クラスでは岩崎優也のことを口にする者がいなくなった。それまでは休みがちではあっても数日に一度は学校に来ていた優也が完全な不登校になったからか――あるいは咲良という新たな標的ができたからかもしれないが――俺にはみんなが不都合な事実からわざと目を逸らしているように見えた。

そう、優也も、最初はみんなが避けるところからどんどんエスカレートしていった。ただ、女子はさほどそこに関わってはいなかった。どちらかというと男子中心でやっていたように思う。でも咲良の場合は、既に男子も敬遠する気配を見せている。もしかしたら男子の方が女子に引きずられやすいのかもしれない。

咲良が席に着くのを観察していた河合たちが、落書きがないことに気づいたようだ。

「ねえ、アレ消されてない？」

「マジで？」

「いつ消したんだよ」

といった小声が聞こえてくる。

咲良は相変わらず誰とも口を利かず、淡々としている。初日を除き、授業もきちんと出席し、先生たちが意図的に咲良に質問を当てないせいもあって、一見平穏だった。表面だけを見れば、彼女は普通のいち生徒に見える。だが実際は自ら孤立し、こうした嫌がらせを受けている状態だ。

やっぱり河合たちの仕業だったか、と俺は思った。であれば、今日見た夢のもうひとつのいじめ――背中の張り紙――もあいつらがやるに違いない。ただ、それに対してどうすべきかはノープランだった。

それは三時間目が終わったあとに実行されたようだ。教室移動で技術室から戻ってくると、いち早く気づいた航が俺の肩を叩いた。

「おい颯太、あれあれ」

見ると咲良の背中には、『バカでーす』と書かれたノートの切れ端らしき紙が貼られていた。気づいた者がみんなクスクスと笑いだす。

「ヤベえ、小学生かよ」

大和もウケている。

「ははは」

俺は面白がっている航たちに合わせて笑ってみせたが、内心はどうやったらあれを剥がせるかを考えていた。

当の咲良は平然としている。背中の紙に気づいていないどころか、みんなが自分を見て笑っていることにすら頓着していないようだ。

　やっぱり単なるおかしなやつなんだろうか。普通の人が気にすることをなんとも思わない人種は存在するが、彼女もそういった部類なのかもしれない。でも俺は、予知夢が訴える「意味」を追究するために、なんらかのアクションを起こすと決めたんだ。だから、張り紙を取り除く機会が来るのを待つことにした。

　しかし、そのまま次の授業が始まると、当然その間はなにもできない。それが終わって休み時間になっても、咲良はずっと席に座ったままなのでどうしようもなかった。しかも張り紙は依然としてついたままだ。

　昼休み、咲良は弁当を食べ始める。俺は朝コンビニで買ったパンを航たちと一緒に食べながら、咲良の動向を見守った。さすがに一度くらいは席を立つだろう。あとは、多くの生徒が彼女の張り紙がいつまでくっついているかを楽しんで注目している中、どうそれを剥がすかだ。

　食べ終わった咲良がついに立ち上がった。こっちはとっくに食べ終わっていたので、すかさず追おうとしたとき、

「颯太！　サッカー行こうぜ」

　まったく空気の読めないやつだ。と言いたかったが、今の俺の空気を読める者などいない。しょうがなく「おう」とボールを持った航について行った。

結局チャンスは放課後にやってきた。俺の班が当番だったので、掃除をしながら咲良から目を離さぬようにし、周りにクスクス笑われながら彼女が教室から出て行ったあと、さりげなくモップを洗いに行くように追いかけた。

なるべく教室から離れ、廊下の奥に行ったあたりで咲良の背中に当たったフリをして張り紙を取った。モップを持った自然な姿、たまたまぶつかったような動き、完璧だった。ここまでは。

瞬間、咲良が振り向く。そのままさっさと去るつもりだったのに、こっちを向いた彼女と目を合わせてしまった。

「あ、ごめん」

目が合った以上、なんか言わなきゃという条件反射で謝った。それはいい。問題は剥がした『バカでーす』という紙切れが俺の手から離れたことだ。

はらりと廊下に落ちたその紙を見た咲良は、その視線を俺に戻した。するどい目つきだった。俺が次の言葉を失っているうちに、彼女はくるりと背を向け去って行く。

しまった、と思った。完全に俺が嫌がらせをしようとしていたと勘違いされている。あの目つきはそういう視線だった。「違う、俺じゃない」と言おうとしたときにはもう咲良の姿は階段の向こうに消えていた――。

告発のゆくえ

休日に関しては、咲良の正夢を見ることはなかったので、平和だった。夢は毎日なにかしら見ているが、咲良が出てこないせいか、特に覚えていない。だが、学校がある日には再び夢に彼女が現れる。

週が明けてからもそれは続いていた。つまりいじめは既に常態化している。接触を避けたり、無視するのはデフォルトになっているし、数々の嫌がらせも絶え間ない。しかも、そこには女子だけでなく男子も参加している。要するにクラス全員が咲良を疎外している状態だ。

沢田先生を振り切ったとき、権力に屈しない者が現れたかと一瞬期待されかけたが、彼女は違った。単に周囲の者すべてを拒絶しているだけだと判明した。そういう態度を取られたら男子であろうと女子であろうといい気はしない。結果、今や男女共に積極的に咲良を嫌悪するようになっている。

それに対して俺は、夢のヒントを元に行動してきた。しつこく書き込まれている机の落書きを消したり、ゴミ箱に捨てられた上履きを戻してやったり……。だがそれももう追いつかなくなっていた。

予知夢には、なんらかの意味がある、というネットの説明を信じ、アクションを起こせばなにかわかるかもしれないと思ってやってきたが、なにもわからないし、なにも変わる気配がない。考えてみると、それらの行動は別になんの解決にもなっていないのだ。実際、どうしようもないことはたくさんある。ノートに書かれた悪口は消しようがなく、破られた教科書も戻しようがなかった。

つまり未然に防がなきゃ意味ないんじゃないか？　と考えた俺は、昨日、「藤村さんがいじめにあっています」と書いたメモをこっそり担任の下駄箱に入れておいた。それで先生なり学校側が対処してくれることを期待したのだ。

でも今朝見た夢は……。

河合たちに引っ張られて行く咲良――。

閉められたトイレの個室――。

暗闇の中、雨に打たれている咲良――。

断片的というより、一連の出来事に見えた。河合美帆に襟首をつかまれ、取り巻きに囲まれながら連れて行かれる咲良。そこからいじめの常套《じょうとう》――トイレに閉じ込める――が行われるのは想像できた。きっと、中に入れられているのは咲良なのだろう。そして今日は雨が降っている。傘を隠されたのか、雨の中ずぶ濡《ぬ》れになって立つ咲良がどういう状況でそうなるのかは不明だ。

担任への告発メモはそう簡単に効果が現れるとは思えない。その間にもいじめは行われていく。であれば、今日起こることは俺自身が防ぐしかない。そう思っていた矢先――。

「今日はみなさんにお願いがあります。クラスでいじめに遭っている人がいるという話がありました。実際にどういうことをされているのかはわかりませんが、本当ですか？」

担任の近野裕子が朝礼でいきなり切り出した。

ちょっと待ってくれ、そういうことじゃない。先生はなにもわかってない。この教室には咲良本人もいるのだ。そしてみんなターゲットが彼女だと知っている。そんな中でクラス全員にこんな風に訴えてもなにも変わらないだろうし意味がない。むしろみんなの前で咲良だけが余計に注目されてしまい、本人がさらに居心地が悪くなるだけじゃないか。まあ……最初から居場所はなかったかもしれないが。

「いじめられている人の気持ちになって、考えて行動して下さい」

いつもの通り、生徒の方ではなく後方の壁を見ながら、いじめはよくないといった当たり前のような話を続けたあげく、先生は最後にそう締めくくって教室をあとにした。

ここでも先生はついに優也のことを口にしなかった。敢えて触れないようにしているのは明白だ。優也をいじめてましたと自分から言うやつはいないだろうし、優也もいじめに遭っているとは言わないはずだ。だから学校は知っているはずなのに彼の不登校をいじめと結びつけるようなことは絶対にしないいんだろう。

だめだ。教師なんて頼れない。俺はとにかく自分の力で今日の正夢阻止に努めようと決心した。

咲良は学校であまり席を立たない。休み時間もぼんやり外を眺めているか、机に突っ伏して寝ているかのどちらかだ。それは俺にとって都合がよかった。うしろを向いて航と話す間に様子を窺えるからだ。だが教室を離れられると難しい。堂々と尾行できるわけでもないし、ましてや今日の監視対象には女子トイレが含まれている。一番男子が見張りにくいところといっていい。

もうひとつ、どうやって連れ込まれる咲良を阻止するか。表だって「やめろよ」などとはとても言えない。ただ、もしそのとき、俺がトイレ近くにいたら、それだけで抑止効果があるんじゃないか、と思う。連れ込むところを見られたら、河合たちもそうそう中で大それたいじめはできないはずだ。あとはいかに偶然そこに遭遇したように振る舞うかに気を付ければいい。

問題はまだある。単独行動の時間が俺にはほとんどないことだ。クラスのみんながそうであるように、基本的に休み時間や昼休みは友達と一緒だし、放課後には部活がある。女子のように連れションしたりはしないから、トイレに行くときはひとりだが、さすがに一日に何回もとなると不自然だ。

咲良の動きを見張るうえで、いつもは楽しいはずの航と大和のやりとりがこれほど邪魔に思える日はなかった。

「なあ、中二病とかってよく言われてるじゃん？」

「中学二年みたいなこと考えてる大人のことだろ？」

「そう。でも俺たちは現役の中二なんだから別に病気とかじゃなくね？」

「ああ。中二をバカにしてるよな」
どうでもいい……。

昼休みは結局、咲良の行動を把握できずに終わった。雨が降っていたので、校庭にサッカーをしに行かずに済むのは好都合と思われたが、逆に航と大和に縛られ、教室を出て行った咲良を追うことができない。同じく河合たちも教室から姿を消しているので気が気じゃなかったが、予鈴と共に彼女は普通に戻ってきたので、ひとまず安心した。

あとは放課後しか考えられない。俺は顧問と航に今日の部活を家の用事で休む旨を伝えておいた。

帰りのショートホームルームが終わり、帰り支度をした俺は、雨天時の体育館での部活に行く航と別れた。そして、トイレ近くで咲良あるいは河合たちが教室から出てくるのを待った。女子トイレの前にいるわけにはいかないが、救いは男子トイレと女子トイレが並んでいることだ。少なくとも自然に近づける。現に何人か出入りする女子がいたが、男子トイレ付近に立つ俺の方を気にする様子はない。友達が出てくるのを待ってるようにしか見えなかっただろう。

すぐに咲良が教室から出てきたが、トイレがあるこちらには来ない。向こうに行ってしまう。そしてそのあとを、距離を置いて河合が三人の女子を引き連れてついて行った。

計算外だ。確かに、まだ部活に向かう者や下校する生徒がいる中、誰かをトイレに閉じ込めるというのは考えにくい。仕方なく俺はトイレ前から離れ、彼女たちを追いかけた。

階段を降りて、一階の廊下に出ると、昇降口に向かう途中で丁度咲良に追いつく河合たちが見えた。

階段の角に隠れながら窺うと、全員で咲良を囲んでいる。

「ちょっといい？」

取り巻きの中心にいる河合が、咲良の正面に回って言った。

「あんたさあ、うちらのこと先生にチクッただろ」

咲良は黙っているようだ。

「どこまで話したの？」

「名前とか出したりしてないよね」

取り巻きも一斉に詰め寄る。威嚇するように語気を強めているおかげで、離れていても内容が聞き取れた。

河合たちは自分たちの嫌がらせを先生に話されたと思っているらしい。質問のあとのしばらくの間《ま》は、咲良がなにも答えていないということだろう。

すると河合が咲良の頭のうしろに手を回し、「ちょっとこっち来いよ」と襟をつかんで反転させ、こちらに向かってくる。

俺は慌てて階段を上り隠れようとしたが、途中でその足を止めた。

ここで目撃者となって抑止しなければダメだ――。

そう思い直し、ゆっくりと、普通に降りてきた体《てい》で階段を下った。タイミングよく、前を通りかかる河合たちに到達する。よし！

だが、女子集団は俺のことなどまったく眼中にない様子で、そのまま通り過ぎて行く。そんな、ちょっとくらい気にしてくれても……と思う間に通過してしまった。その光景は、確かに夢で見た――河合たちに引っ張られて行く咲良――だった。

階段横から続く廊下の向こうは第二理科室で、その先はコンクリの壁。つまり行き止まりだ。そしてその対面に男女のトイレがある。行き止まりゆえに人の往来もない。やられた。もうこの位置からではどうしようもない。先回りしてトイレに近づくこともできなかった。

案の定、河合たちは咲良を捕まえたまま、トイレの中に消えた。

――どのくらい時間が経っただろう。もう辺りは暗くなり始めている。

あのあと、しばらくして河合たちがトイレから出てきたが、咲良は伴っていなかった。そのはずだ。彼女は個室に閉じ込められているのだろうから。

咲良が連れ込まれてから俺は、そっとトイレ前の第二理科室に入り込み、電気の点《つ》いていない暗い教室内に身を潜めながら、扉を少しだけ開けて一部始終を見ていた。しかし、河合たちが去ったあとも、どうしていいかわからず今に至っている。どうする？　女子トイレに入るか？　だが他の女子がそこに入ってきでもしたら、俺の人生は終わる。一生、盗撮魔だとか痴漢だとか言われ続けるのだ。

下校時刻のアナウンスが廊下に鳴り響き、体育館の部活が終わった連中が昇降口から帰って行く気配が感じられる。

トイレの中の咲良はどうしているんだろう。ここからでは物音ひとつ聞こえてこない。辺りは静まり返って、外の雨の音だけがさーっと鳴り響いていた。

もう限界だ。俺は決心した。こんな時間にトイレに来る女子などいないだろう。そもそも河合たちはそれを見越して、放課後ほとんど利用されない第二理科室前のトイレを選んだのだ。

薄暗いトイレの中は不気味だった。基本的なつくりは男子のそれと変わらないはずなのに、淡いピンクの壁と、個室だけの構成によって、そこが女子の場所だという違和感に包まれている。そして、閉まっている個室のひとつからガチャガチャと音が聞こえていた。その取っ手と横の個室の取っ手は針金でぐるぐる巻きにされて、開かないようになっていた。

俺の気配に気づいたのか、内側から開けようとしていた音が止《や》んだ。

素手で金属の紐《ひも》を解くのには手間がかかった。やっと緩んだ針金を外すと、扉がゆっくりとうしろに開かれた。

咲良が立っていた――。

連れ込まれたときと同じ、鞄を肩に掛けたままの状態だ。だが、その鞄も、制服も、彼女自身も頭からずぶ濡れだった。気づけば床も水で濡れている。洗面台から垂れているホースを見て、咲良が上から水をかけられたのだとわかった。

びしょびしょの髪から覗く顔は険しかった。しばらくこちらを見つめたあと、彼女は鞄を掛け直し、俺を押しのけて個室から出て行く。

一刻も早くこの場から離れたかったので、俺も追いかけるようにトイレをあとにした。

咲良について行く形で昇降口まで来た俺は、雨の中をそのまま歩いて行こうとする彼女を見て、慌てて傘立てから自分の傘を引き抜き、追いかけた。

「あの……」

俺の呼びかけに振り返った咲良を見て気づいた。夢で見た姿だ――。

暗い雨の中、ずぶ濡れで立つ少女。だがそれは雨のせいではない。トイレに閉じ込められて水をかけられたためだ。しかもその原因を作ったのは俺だ。告発メモを担任に送り、先生がそれを注意したために河合たちが怒り、してもいない告げ口の罪を着せられたあげく、彼女はひどい目に遭ったのだ。

愕然《がくぜん》とした……。元はといえば俺のせいだったんじゃねえか……。

「あの、傘……」

河合たちに隠されたのか、あるいはもはやさす気がなかったのか、傘を持たずに帰ろうとする咲良に、思い切って開いた自分の傘を差しだした。

「……いらない」

彼女は冷たく言い放ち、再び背を向け歩き出す。
ずんずんと去って行くそのうしろ姿を、俺は茫然《ぼうぜん》と見送るしかなかった。

悪夢

みんなが避けていく様子――。
ノートの落書き――。
机に書かれた悪口――。

相変わらずの夢の内容だ。みんなに避けられる咲良。陰で行われる嫌がらせ……。

俺は途方に暮れていた。机の落書きを消したり、捨てられた上履きを元に戻したりしても意味がなく、背中の張り紙を取ったら犯人と誤解され、挙句の果ては未然に防ごうとしたトイレ事件の原因は自分にあったという始末だ。やることなすこと、すべてが裏目に出てしまう。

それでもまた、こうして今日起こる出来事の夢を見る。正夢にはなにか意味があると信じて行動してきたが、夢の主体である咲良に関わって以来ろくなことがない。

だから決めた。今後一切、この件にはタッチしないことにする。

いじめの標的となっている咲良については気の毒に思うが、優也のときと一緒で仕方がない。第一、閉じ込められたトイレから出してやったときだって感謝すらされないのだ。

考えているうちにだんだん腹が立ってきた。

とにかく、夢を見ようが見まいが俺はこの正夢から手を引く、そう心に決めて学校に向かった。

昇降口に着くと、上履きに履き替えている咲良と遭遇した。昨日ここで別れた姿を思い浮かべたとき、不意打ちのように目が合った。普段通りの冷たい目だ。今朝、決心したことを見透かされた気がして、俺は思わず視線を逸らしてしまった。再び顔を上げると、もう彼女は背中を向けてすたすたと去って行く。

教室に辿りつく頃には追いついて、咲良のうしろから入った。目の前でクラスの女子が避けていく様子は夢で見た通りだ。俺はいつもの光景にげんなりしたが、もう惑わされまいと席についた。

異変に気づいたのは二時間目の授業が始まったときだった。机に入れっぱなしのノートを開くと、そこには見慣れない文字が書かれていた。

『きのう、見てたよ。これからが楽しみだね～』

最初、なんのことだかわからなかったが、次の瞬間さーっと血の気が引いていく感覚に襲われた。

筆跡がいかにも女子のものであり、書かれた内容から、俺が昨日、女子トイレに入って行く姿を見られたのだとわかった。いや、トイレに入ったところだけでなく、当然そのあとに咲良と共に出てきたのも見られていたはずだ。

これはヤバい！　咄嗟にどういう言い訳なら通用するだろうかという考えが頭の中を巡った。たまたまトイレに入ったら咲良が閉じ込められていた……いや、たまたま女子トイレには入らないだろう。たまたま通りかかったら助けを求める女子の声が聞こえたから入った……いや、あの時間、授業もないのに廊下のどんつきにある第二理科室前にいる理由がない。しかも俺は部活を家の用事で休んでいることになっている。そこまでは知られていないにしても、下校時刻間近の暗くなった時間帯に、わざわざ廊下の端にあるトイレになぜ行ったかが説明できない。家の用事のあと忘れ物に気づいて学校に戻ったが、急な腹痛でトイレに向かったところ、助けてという声が聞こえたので……いやいや、結局俺は男子トイレに入っていない。どう理屈をつけて考えても不自然な行動にしかならなかった。

　顔を上げると、向こうで河合美帆とその取り巻きが俺を見てニヤニヤと笑っている。

やっぱり、あいつらだったか。

　あのとき——トイレから咲良を救い出したとき、どこかに河合たちはいたんだ。考えてみれば一晩中咲良を閉じ込めておくわけにはいかない。きっとギリギリまで放っておいて、下校時刻を過ぎたら解放するつもりだった。そこに俺が出てきたので陰から観察していた、といったところだろう。

　嫌な予感がした。女子の嫌がらせは陰湿だ。このまま済まされはしない。なにをされるのかはまったく予想できず、「これからが楽しみだね〜」という言葉だけが不気味にのしかかってくる。


「おまえ、なんかやったの？」

　休み時間、うしろに座る航が小声で聞いてくる。

　俺はギクリとしたが、「は？」と返した。

「なんか女子がおまえのこと、色々言ってるみたいだからさ」

　大和も周りを見ながら言う。

「色々ってなんだよ？」

「いや、こそこそしゃべってるから内容まではわかってはいけど」

だが、明らかに雰囲気がおかしいのはわかっていた。女子連中が俺の方を見て小声でささやき合っている。しかもそれは河合たちだけではない。他の女子グループにも広まっているらしく、多くが俺の方を好奇の目で見ていた。

いったいどう話が伝わってるんだろうか。女子トイレに忍び込んだ痴漢？　盗撮魔？　覗き魔？　いずれにしても変態扱いに違いなかった。

昼休み、気が気じゃないまま航たちとサッカーをして戻ってくると、机に小さくなにかが書かれている。

『咲良ＬＯＶＥ』

やはり咲良を助け出すところを見られていた。この文字はそう意味している。

俺は航たちに気づかれる前に、慌ててそれを筆箱で隠した。咲良の机と違ってシャーペンで書かれたものだったので授業中にこっそり消すことができたが、消しながらふと気づいた。朝、咲良のうしろから教室に入ったとき、目の前の女子たちが避けていった様子。ノートを開くと書かれていた文字。そしてこの机に書かれたイタズラ。

これは今朝見た夢——みんなが避けていく、ノートの落書き、机の悪口——と合致している。いつもの咲良への嫌がらせと思っていたので、書かれた内容までは覚えていなかったが、これのことだ。その証拠に、今日、咲良の机に新たな落書きはされていない。

——俺は愕然とした。今朝見たのは咲良の夢ではなかった。これらは全部、自分にまつわることだったのだ。教室で女子が避けていったのは咲良に対してだけじゃない、そこに俺も含まれていたんだ。

これからいったいどうすればいいんだろう。唯一、トイレの中での俺の行動を証明できるのは咲良だけだ。そう思って後方の窓際に座る彼女の方を見た。

咲良は相変わらず平然としている。大したものだなと思った。ちょっと陰口やイタズラをされただけでビクついている自分とは大違いだ。

考えてみれば俺はなにも悪いことはしていない。そうだ。女の子がトイレに閉じ込められたのを見たので助けてあげました、で済むハナシなのだ。それに、元々俺は女子とはほとんど交流がない。誰が陰口を叩こうと関係ないし、大した打撃はない。そう思うと幾分気が楽になって、放課後は普通に部活に向かうことができた。

いつもと変わらない航の態度が、いっそう安心させてくれる。俺には男の友達さえいれば十分だと実感した。だが……その安心感もその日までだった。

翌日の朝、「颯太、これ……」と大和がスマホの画面を見せてきた。「バレー部のグループから」

グループというのはバレー部つながりのＬＩＮＥグループのことだ。みんなそれぞれクラスの連絡網代わりだったり仲のいい友達どうしのグループを持っている。大和は自分の部活のグループに貼られた画像を見せたのだった。

そこには、咲良に傘を差しだしている俺の姿が映っていた。

「おまえ、これって」

覗き込んだ航も絶句している。

「いや、こないだ、たまたま藤村に会ってさ、傘ないみたいだったから」

「こないだってこれ昨日の雨だろ？　おまえ部活休んだんじゃん？」

「いや、その……ちょっと色々あってさ」

なにも答えられないまま始業のチャイムが鳴り、話はそこで途切れた。

咲良との画像を見せられるのはわかっていた。今朝の夢の中に出てきたからだ。起きたときの気分は最悪だった。河合たちが俺の行動を見ていただけではなく、写真まで撮っていたとは……。学校を休みたいと思ったがそうもいかない。既に昨日、俺の噂話は女子たちに広まっている。そこにその証拠となる写真が加わっただけだ。そう思いながら登校したのだった。

だから画像自体には驚かなかったが、まさかそれが大和のスマホからとは思わなかった。てっきり河合から意地悪く見せられると予想していたのだ。だが甘かった。この調子だと結構な範囲に拡散されているだろう。特に気がかりなのは、バレー部のＬＩＮＥという点だ。バレー部には小島久仁夫というクラスの不良がいる。やっかいなことになった。

「色々あるのはいいとして、藤村はヤバいだろ」

昼休み、弁当を食べながら航が言った。

「あの画像、小島が貼ったんだけどさ、おもろいモノもらったって書いてあって、どっからとか誰からとかはないんだよ。誰に撮られたワケ？」

大和に聞かれても「知らないよ」としか答えられなかった。撮ったのは河合たちだろうが、そうするとトイレの一件も話さざるを得なくなる。自分の口から女子トイレに入ったとは言いたくなかった。

「つか俺、どんな風に言われてるんだよ？」

「どんなっつーか、まんまだよ。藤村に気があるって」

「なワケねえだろ」

俺が真顔で語気を強めたので、それきり二人はその話をしなかったが、一番の懸念である噂の内容については、少なくともトイレに侵入した変態とはなっていないようだ。たぶん河合たちも、自分たちが咲良を個室に閉じ込めたことを公にはしたくないのだ。その点では助かったと言える。

それにしても画像の発信源が当の小島久仁夫だったとは。噂では河合美帆とつき合っているとも言われているから、きっと河合が送ったんだろう。

小島とタッグを組んだ河合が、今後なにをしてくるかは依然として脅威だった。

スクールカースト

いつの間にか、標的が変わっていた――。

これまで見てきた予知夢は全部咲良に関するものだった。だが今は違う。俺はその日自分に起こることを知りながら、毎日の登校を繰り返している。いつの間にやら、彼女のことよりも、自分自身に起きる災難の夢を見るようになっていたのだ。そうなってくると、もう咲良に構っている場合ではない。

小島たちの不良グループが、ゴミを投げつけて俺をからかいだしたのが先週の金曜。あの画像が出回った翌日だ。

「野口、藤村と相合傘で帰ったんだろ。やるじゃん」

ゴミを投げつけた小島はそう言ってゲラゲラと笑った。

「スゲーよ。俺らにはできねえよな」

周りにいる不良連中もそれに合わせて笑い、手を叩いた。

週が明けてからはクラスで無視が始まった。というより、みんなは小島や河合たちに目をつけられるのを怖がって、俺と関わるのを避けているという方が正しいかもしれない。不良たちが大げさに俺を避けて通ると、周りもそれに合わせて同じ行動をとった。体育の授業ではボールが回されない、わざと体をぶつけてくるなどの嫌がらせも受けた。

航と大和はさすがに俺を無視することはなかったが、彼らも気まずそうな顔は隠せない。

「なーんかおまえヤバくない？」

大和に言われてもどう答えていいかわからなかった。

「だから言ったじゃんよ、藤村はマズいって」

航も同情するように言う。

「ついてねえよ。まあ、おまえらがいればいいけどさ」

俺の言葉に、二人は困ったように顔を見合わせた。実際困っていたはずだ。このまま俺と仲良くしていたら同じ標的にされるかもしれない。ましてや大和は小島と同じバレー部だ。

そして、今朝の夢にその答えが現れていた。航と大和が俺から離れていく様子が夢に出てきたのだ。

今日、俺は航たちからも避けられることになっている――。

朝、教室に入ったときから航の態度はどこかよそよそしい。「おす」と挨拶こそ交わしたが、会話を遠慮しているようだった。普段は俺と航のところにやってくる大和も自分の席に座ったまま、こちらに来ようとしない。夢に見た光景だったので驚きはないが、実際にその場に直面するとダメージは大きい。

昼休みも、いつものように航の方に椅子を向け弁当を広げようとすると、

「悪《わり》ィ、今日は高田《たかだ》たちと一緒に食べるわ」

そう言って航は弁当を持って別のグループの方に向かった。見ると、大和もそっちに合流している。

だが、彼らのことは責められない。俺が同じ状況に置かれたら、きっとそうしていただろう。誰だって自分がいじめに巻き込まれるのは避けるはずだ。

そうした状況から、昼食後もサッカーなどをする雰囲気ではなく、もはや俺も航に声をかけなかった。

咲良は咲良で、似たような嫌がらせを受けている。

「あいつ、野口と一緒に帰ったんだって」

「マジ！　それでいい気になってんの？」

「キモいやつどうしお似合いじゃん」

　わざと聞こえるように陰口が叩かれた。もちろんそれだけではなく、机にゴミが置かれるようないつものいじめも継続中だ。俺はもう、それを陰でフォローするような状況ではない。自分に降りかかる災難を受け止めるだけで精いっぱいだった。

　救いだったのは航からのメッセージだ。

『颯太スマン。小島がみんなに無視決め込むようにって言ってて。俺も大和も悪いと思ってるから』

　そういうことだろうと思っていた。誰か支配力のあるやつが周囲をひとつの方向に引っ張るのだ。岩崎優也がいじめられていたときも同じだった。そしてそのときは、俺もそれに従ったのだ。

『わかってる。ありがとう』

　そう返信はしたが、そこに希望はなかった。男の友達、とりわけ航や大和さえいれば問題ないと思っていたのに、まさにその二人から絶交宣言されたのだから。

　いったいどうしてこんなことに、と思わずにいられない。一部の女子に目をつけられただけなら、こうはならなかっただろう。だが河合美帆は小島久仁夫を巻き込んだ。だから男子も、航や大和までも、俺と距離を置かざるを得なくなったのだ。

あまりのショックに、俺は部活に出る気にもならず、そのまま帰宅することにした。帰り際、咲良がこちらを見ていた。新たな標的ができたことで咲良へのいじめは若干、手薄にはなっていたが、なくなったわけではない。今の俺は咲良と同じであり、二人揃《そろ》ってクラスで孤立している状況だ。

同じ立場となった俺を見る彼女の目は、同情しているようにも見えたし、ざまあみろと言っているようにも見えた。


早い時間に帰ったので、母さんが「あら、今日は早いのね。クラブはないの？」と尋ねる。

「ああ、今日は休み」

適当にごまかして部屋に逃げ込んだ。そしてベッドに突っ伏したまま、俺は今の自分が置かれた状況、クラスの中の位置づけをぼんやりと考えていた。

世間ではスクールカーストがどうのと言われているが、実際階級なんてものはない。単純に、人気があるか、特になんとも思われていないか、嫌われているかをみんなが勝手に判断して順位をつけているに過ぎない。それを階級というのなら、人気があれば上層だし、なければ下層になる。

小学校の頃は単純だった。おおざっぱに言うと、運動が得意で面白いやつは人気があり、それ以外は普通で、汚かったり変わってるやつは嫌われた。

中学ではもっと細分化されて、カッコいいとかカワイイなどの容姿、成績や部活、趣味など、判断材料が増えた。学校の中に形成される様々な集団のどこに所属しているかも大きい。勉強ができるやつ、不良グループ、ヲタク系など、たいてい同族が固まるものだが、誰と仲がいいか、どの部活に入っているかなど、その集団の強弱や印象によっても判定は左右される。

いずれにしても、みんながいいなと思うか、嫌だと思うかが基準だ。人それぞれだから本来基準は曖昧なはずだが、大勢が同じように感じていれば正義になる。それが人気というものなのだろう。みんなに好かれていれば例えヲタクであっても上層だし、勉強ができても優也のように下層にされてしまう者もいる。特殊なのは不良系で、人気があるとは言えないが、誰も逆らえないので下層とも言えない。上層でも下層でもない中間層は、目立ったり嫌われたりしない代わりに、一番平和な階級だ。その他大勢とも言われる。そしてもちろん、最下層になると、いじめの対象にされることになる。

　階級は、そうした意識を持っている者の中だけにある。たいていは自分がクラスでどのくらい人気があるか、どう思われているかをなんとなく自覚しているものだが、そんなことを気にしなかったり無感覚な者にとってはそもそも階級など存在しない。

　幸か不幸か、俺はちゃんとその意識を持っていた。自分が中間層に位置していることを自覚している。特に運動ができるわけでもなく、成績も良くない。でも、友達や仲間はいるし、見下されてもいない。目立たないけども幸せな生活を送っている〝平和な平民〟だった。

　そして意識がある平民はずるい。みんなの前で目立つことを避け、安全な場所に隠れているのだ。自己を主張する勇気もないくせに、今いる階級には留《とど》まろうとする。自分さえ平和であればいいと考えている。だからいじめが起こっていても周りに同調して、加担もしくは見て見ぬふりをする。率先して加害者にはならず、被害者にだけはされないように振る舞う。自分はみんなと一緒ですよ、という姿勢で安全地帯に逃げ込むのだ。俺はまさにそういう人間だった。優也に対しても……。

　それがどうしたことか、正夢が起こる毎日に翻弄されたあげく、そのルールから逸脱してしまった。咲良をかばう行動にでてしまった。その結果がこれだ。一気に最下層に没落してしまったのだ。

「元気なくない？　大丈夫？」

母さんが心配して言った。

最後の砦《とりで》だった航たちまでが離れていくという、今日のできごとが強烈すぎて晩ごはんも残してしまったからだ。

「うん、別に大丈夫だよ」

そう言って自分の部屋に戻ったが、実際は全然大丈夫じゃなかった。

俺はなんてことをしてしまったんだろう。優也のときのように、面倒事には関わらず平和な毎日をキープしていればいいものを、咲良の状況に首を突っ込んでしまった。

男女それぞれに勢力を持つ河合美帆と小島久仁夫にターゲットにされたということは、クラス中から攻撃されることを意味する。

絶望的な気持ちで、俺はふとんに逃げ込んだ。

追いつめられて

咲良にひっぱたかれる――。
降りかかるモップ――。
ゴミでいっぱいにされた下駄箱――。

今度はいったいなんだ？　クラスで孤立した者どうしと思ったら、その咲良にまで攻撃されるとは……。さらにモップで叩かれるというのか？　精神的ないじめも嫌だが、肉体的な暴力もカンベンだ。

新たな展開の予知夢を見せられ、唖然としていた俺は、いつもの「颯太、遅刻するよ！」の母さんの一声で我に返った。できれば学校に行きたくなかったが、親に心配もかけたくない。それに、咲良のときと違って、他ならぬ自分自身に起きることなのだから、自らの意志で回避すればいいのだ。そのための予知夢のはずだ。そう自分に言い聞かせて家を出た。

今日は、六月に入って今年最初となる水泳の授業があった。うちの中学では水泳は男女一緒だ。ただ、レーンが分けられており、それぞれに先生がついていた。

当然、男子は気づかれないように女子の方をチラチラ見ていたが、俺は別の意味で咲良の様子を窺っていた。いつ彼女にひっぱたかれるのかという警戒に加え、普段は別々で見られない体育の授業を、彼女がマジメに受けているのか興味があったからだ。見ると咲良は普通に参加して泳いでいる。そして校庭を走っていた姿と同様、きれいなフォームだった。元々長身で細身の体型が、水着姿だといっそう際立って美しかった。たぶん、男子も女子もそこに関しては認めざるを得ず、デブだとかブスだとか運動オンチといったいじめの付け入る隙はなかっただろう。

授業を終えて更衣室に戻ったとき、それは起こった。自分のロッカーを開けると、着替えの中に白い紐のようなものが見えている。なんだろうと思って引き出した俺はすぐさまそれを押し戻し、バタンと扉を閉めた。

「あ！　おまえ、なに今の？」

すかさず小島が寄ってくる。嵌《は》められた！

みんなが注目する中、小島が俺のロッカーを開け、つまみ出したのはブラジャーだった。

「マジかよ！」

「ヤバくね？」

騒然とする男子たち。

「おまえ、これ誰のだよ？」

小島はそれを汚いものでも触るように人差し指と親指でつまんで掲げたあと、俺のロッカーの扉に引っかけた。

「し、知らないよ！」

そこにガラッと扉が開き、水着のままの咲良が現れた。着替え中の男子が慌てるのを気にも留めず、早足で向かってくる。そして――、バチン！　と俺のほっぺたを叩き、ブラジャーを奪い返して出て行った。

ゲラゲラと笑う小島たち。

咲良にひっぱたかれるのを回避するつもりだったのに、そんなことを考える間すらなかった。

予想通り、教室に戻ると河合たちがやってきて俺を取り囲む。

「野口ィ、藤村の下着盗んだんだって？」

「犯罪だよそれえ」

「やっぱ好きなんだ？」

「つき合っちゃえばあ！」

横で小島たちがニヤニヤしている。河合と小島が共謀したに違いなかった。内心ちくしょうと思いつつ、咲良の方を見ると、当の咲良は何事もなかったかのように席についている。俺へのいじめとはまた別に、なにか違う理由で咲良に叩かれるものと思っていたが、合わせ技だったとは……。予想を裏切る展開に、無言で座っているしかなかった俺は、次の授業のチャイムにどうにか救われた。


正夢の回避など、もうする気がなくなっていた。周囲の無視が始まって以来ずっと、弁当はひとりで食べ、休み時間も座っているだけでうしろの航に声をかけることもできない。

放課後、掃除のときに小島がモップを振り回し、わざと俺にぶつけた。

「あ、悪ィ悪ィ、気づかなかったわ」

小島だけでなく、取り巻きもそこに参加して、黒板消しで俺の頭を叩く。

「あー、俺も気づかなかったわ」

「誰かと思ったら下着ドロじゃん」

俺のシャツはモップで汚され、頭はチョークの粉で真っ白にされた。

部活なんかどうでもよく、一刻も早く家に帰りたかった。

教室を出る俺の前をみんなが避けていく。そして、わかってはいたはずなのに、下駄箱の中に放り込まれたゴミを実際に見たときは泣きたくなった。

急いで学校を出たものの、この時間に帰ったらまた母さんに「あら、クラブはどうしたの？」などと聞かれる。かといって、クラスで完全に孤立した今、立ち寄れる友達の家などない。世界中でひとりぼっちになったような気分のまま、気づくと家と反対方向の、かつてよく通った道に足を向けていた。

岩崎優也のマンションは、坂の麓《ふもと》にある俺の家とは反対に、高台に建っていた。

小学校の頃はしょっちゅう遊びにきた場所だ。古い建物で、セキュリティなどはなく、ガラス扉を開けるとそのまま中に入って行ける。優也の家はその一階にあった。

不登校になってもう一か月近くになる。まともな会話は半年以上していない。優也はまだこの家にいるんだろうか。いじめに加わり、声もかけなかった俺のことをどう思ってるだろうか。今さら会いに来ても話してくれないかもしれない。そう考えながら、恐る恐る扉の前に立ち、ベルのボタンを押した。

しばらくして、ドアが開いた。ドアスコープ越しに確認してから開けたのだろう。

優也は俺を見ても驚かなかった。

「どうしたの？」

「いや、元気かなと思って……」

頑張って笑顔を作ったが、向こうは笑わなかった。

「別に。元気だよ」

「そっか……元気ならよかった」

それ以上、話が続かない。

黙ったままじっと見つめる優也。その目はどこかで見たことがある。そうだ。咲良と同じ眼差しだ。それ以上目を合わせづらくなり、俺は視線をはずした。

「それだけ？」

優也は乾いた口調で言った。

「うん」

「……じゃ。俺は元気だから」

彼は扉を閉めてしまった。

そりゃそうだ。友達だったのに、いじめが始まると見て見ぬふりをして、自分の心が弱ったときにだけ、のこのこ現れても話すことなどないだろう。当然だ。当然なんだけど、やっぱりショックだった。

冷たく閉じられた玄関の前で俯《うつむ》いているところに、再び扉がガチャリと開かれた。


優也は相変わらず、まだ幼い印象だった。背も小さく、ひげも生えていない、ニキビひとつないきれいな肌だ。

部屋も小学校の頃からあまり変わっていない。棚にはずらりと本が並び、俺の部屋と違って、机の上からベッドのシーツまで、すべてがきれいに整えられている。

母子家庭の彼の母親は、仕事に出かけているらしく、いないようだった。彼女が夜の職業に就いていることは以前から聞いて知っていたが、今は二人きりになりたかったので都合がいい。

ネルシャツにジーンズという格好で彼は机の椅子に座り、モップやチョークの粉で汚れた制服姿の俺は部屋のカーペットに腰を下ろしている。

「で？　要するにその夢に出てきた転校生のせいで、人生が狂わされたって言いたいわけ？」

「いや、その子のせいっていうより、正夢を見るようになってから全部がおかしなことになってるんだ」

「予知夢か……ウソとは思わないけど、信じるのはなかなか難しいな」

優也は頭からバカにしたりはしない。

「まあ、予知夢の件は置いておくとして、つまり颯太はその子……名前なんていったっけ？」

「藤村咲良」

「藤村さんのことが気になって仕方がないんだろう？　夢に出てくるくらいなんだから」

「まあ、そういうことになるけど……」

「助けたいと思ったんならそうすればいいじゃん」

「俺がまたいじめられるよ」

「もう孤立してるんならどっちだって一緒でしょ？」

「けど咲良は、俺が嵌められたって絶対わかってるくせにひっぱたいたんだぜ？」

思わず〝咲良〟と下の名前で言ってしまった。いつも頭の中で咲良となっているせいで出てしまったが、優也は気に留める様子もなく答える。

「それだよ。颯太を巻き込みたくないからわざとやったとも考えられる。一緒にいじめられる者どうしにさせないためにさ」

「そうかなあ……」

「いいかい？　選択肢は三つある。一番簡単なのは、積極的に藤村さんをいじめる側に回って、元のみんなと仲間になることだよ」

「……」

「そうじゃなかったら、彼女を助ける姿勢を貫くんだな」

「最後のひとつは？」

「俺みたいに逃げて家に引きこもる」

なにも言えなかった。だが、さすが優也は明確に物事を捉えている。確かに俺に与えられた選択は三つだった。なにもしない、というのもあるかと思ったが、それでは事態は変わらない。少なくとも好転することはないだろう。

「予知夢の法則を知るためにも、このままその子のことをちゃんと見守って、対処法を考えるべきだと思う」

　その通りかもしれない。このまま咲良から手を引いてしまったら、正夢の謎は解けないままだ。

「考えてみるよ。今日は会ってくれてありがとう」

そう言って俺は優也の家をあとにした。

岩崎優也

「颯太、俺やっぱりダメ！」

「大丈夫だって」

「こんな高いとこからなんてムリだよ」

真夏の太陽が照らす中、十歳の優也少年は岩場のてっぺんに立たされていた。横で俺が急《せ》かしている。ここから海に飛び込めと言っているのだ。

小学五年になって東京から引っ越してきた優也は、海の町で育った俺たちと違って泳ぐことに慣れていない。水泳の授業でも飛び込みはできなかったという優也に、それに比べ物にならないくらい高いところからジャンプしろと言う方も無茶だった。


ことの起こりはこうだ。優也が四月に引っ越してきてから初めて迎える夏。夏と言えば俺たちは岩場で遊ぶのが当たり前で、既に優也と仲良くなっていた俺は、みんなと海に行くのに誘った。だが、当時から小さくひ弱な彼は、見た目どおり運動は苦手だった。成績はいいが体育はダメで、当然泳ぎもヘタ。つまり行きたがらなかった。

それでも、この町では海に行けなかったら生きていけない、とかなんとか言いくるめて、無理やり連れだしたのだ。

プールと違って海水は浮きやすいので、初めは怖がっていた優也も徐々に慣れてきて、泳ぎを楽しんでいるようだった。

しかし、岩場での遊びは、単にバシャバシャはしゃいでいるだけではなく、突き出た岩から岩まで競泳したりもする。その中で一番遅いのがやっぱり優也だった。当然みんなからバカにされはじめる。こういうときの常で、一番速いやつは堂々としていて、泳ぎのヘタな者をちゃかしたりはしない。遅いやつが自分よりダメな者をいじめるのだ。

「優也、だっせえ」

そいつが言い出して、残りの連中も追随しだした。

「おまえほんとダメなやつだな」

「勉強できるだけじゃ世の中渡っていけないよお」

俺はちょっと優也がかわいそうになって、最初にバカにした山下《やました》太一《たいち》に仕返しできないか考えた。太一は泳ぎはできたが、高所恐怖症だった。つまり高いところからの飛び込みは苦手だ。色んな岩からの飛び込み遊びも定番だったので、昔から太一は飛び込めなくてバカにされていた。もしかしたらそうした経験から、今度は誰かを標的に回す側になりたかったのかもしれない。

「じゃあさ、優也がとんがり岩のてっぺんから飛び降りられたら、みんなに勝ったことにしようぜ」

俺は言った。とんがり岩とはこの辺りで一番高い岩だ。俺たちの中でも飛び込めないやつが何人もいるくらいの難易度だった。なぜか俺は高所は平気で、その難関をクリアしている。

俺の提案に太一は困惑したようだった。一方で、あんな高いところから、あの優也がジャンプできるはずはない、とも想像しただろう。

「おお、それいいじゃん」

一番泳ぎの速い寺田《てらだ》茂之《しげゆき》が賛同した。茂之は当然、とんがり岩からの飛び込みもこなせる。みんなは太一への仕返しという俺の意図には気づかず、ダメな優也がやはり尻込みする様子を期待して賛成した。

「決まり！　そうしようぜ」

というわけで今、俺は優也をとんがり岩のてっぺんまで連れて行き、飛び込ませようとしているのだった。他のみんなは近くの岩の上でギャラリーとなっている。

「目ェつぶれば大丈夫だよ」

「そんなこと言ってもムリなものはムリだよ」

「優也が飛び込めなかったら、俺の計画はおじゃんだろ！」

「計画？」

「太一を見返すんだよ。あいつはこっから飛び降りれないんだ」

「なんだよそれ？」

「頼むから飛び込んでくれ。みんなに勝つんだ！」

優也は驚いたように俺を見た。そして、とうとう意を酌《く》んでくれた。

「溺れたら助けてよ？」

「あたりまえだろ」

笑った俺から目を離し、前を向いた優也は震える足を岩の端までじりりと進めた。

そして、下を見ないよう、ぎゅっと目をつぶった彼は意を決してジャンプした。

見ていたみんなは意外な光景にあっと驚く。

高いところから飛び降りた経験がある者にはわかると思うが、落下している最中は息ができず、悲鳴をあげることもできない。風が鼻や口に逆流してくるのだ。そして胃袋が上に取り残されるような感覚に気を失いそうになる。

たぶん、優也は気絶したのだ。無様な格好で落ちていき、どっぽーんと水中に没した。

高所から水に突入すると、なかなか浮上しない。みんなはしばらく優也が浮き上がるのを待っていたが、姿が見えなくなってあまりに時間がかかるので不安な顔になった。一番ヤバいと感じたのは俺だ。この俺が彼を無理やり飛び込ませたのだ。

俺は真っ先にとんがり岩の上から飛び込んだ。落ちていく途中、他のみんなも岩場から飛び込むのが見える。

優也は水中の深いところで気を失ったまま漂っていた。俺はその腕をつかみ、そのまま水上へ向かった。

浮上すると、丁度みんなも泳いで落下地点に到達したところで、全員で優也を抱えて岩場まで泳ぎ着いた。

「優也！　優也！」

寝かせた優也に呼びかけるが目を覚まさない。俺たちは焦った。人を死なせちゃったかもしれないと感じたのだ。

「おいっ、目を覚ませよ！」

茂之が優也のほっぺたをひっぱたくと、ようやく目をあけて、口から水を吐き出した。

全員が全員、ほっとして泣きそうだ。だが、驚いたことに、優也は笑ってこう言ったのだ。

「俺、勝った？」

みんなは、もう勝負のことなど忘れていたので、おかしくなって笑い出した。

「うん、勝った勝った」

「優也の勝ちだよ」

さすがに太一も、もうバカにする気はなくなっていたようだ。


そうしてみんなが仲良くなり、割とその中心にいて、楽しい小学校生活を送っていた俺に、ある事件が降りかかった。

帰りの会で先生から、学校で飼っていたウサギが殺されたという報告があった。

「日曜日に、学校のウサギが死んでいるのを用務員の方が見つけました。なにかで叩かれた跡があって、オリの扉も壊されていたので、誰かがわざとやったようです。先週金曜の当番は誰でしたっけ?」

「僕と吉成《よしなり》くんだけど、吉成くんは休みでした」

俺は手を挙げて答えた。

ウサギの世話はクラスごとに当番制になっており、その日のエサの担当は俺だった。そして運悪く、一緒の当番だった生徒はカゼで休みだったのだ。

「野口くんひとりだったのか。なにか変わったことはあった?」

「最後にエサをあげたときは普通でした」

それは本当だ。だが、先生の、野口くんひとりか、がきっかけで誰かが「野口がやったんじゃねえの?」と笑った。

「ウサギ殺しの犯人?」

「サイコパス?」

冗談ぽく声が上がったが、中には真顔で「マジで?」と言うやつもいた。

「こら、そんなこと言っちゃだめでしょ」

先生はすぐに叱ってくれたが、みんなの間に、もしかして俺が犯人かも、という空気が一瞬流れてしまったのだ。

すると、優也が手を挙げた。

「そのとき、僕も野口くんと一緒でしたけど、なにも変わったことはありませんでした」

この事件は結構な問題になり、学校も警察に届け出て、新聞にも載ったくらいだ。記事には、「休日に何者かが学校に侵入してウサギを襲ったとして、警察が器物損壊容疑（動物傷害）で捜査している」と書かれ、教育委員会は「動物虐待だとしたら、強い憤りを感じる」とコメントしている。結局、犯人はわからずじまいだった。

俺は、動物を殺すのが器物損壊という、物が壊れたような扱いになることに違和感を覚えたが、それよりも、あのときの優也のひと言に驚いていた。なぜなら、優也は俺と一緒にはいなかったからだ。

あとからそれを優也に尋ねた。

「なんで俺といたなんて言ったの？」

「だって、颯太はそんなことするはずないからさ」

クラスのみんなは、実際、本当に俺が犯人とまでは思わなかっただろう。でも、客観的な状況だけでいうと無罪の証拠はなく、そこに想像のつけ入る隙はあった。それを優也がさっと片づけてくれたのだ。俺はつくづく、その友情に感謝した。

不登校の優也に会いに行き、数か月ぶりに話したからか、長らく忘れ去っていた小学校時代の記憶が甦《よみがえ》っていた。

あの頃の俺たちにあった友情はどこへ行ってしまったんだろう。小さい頃は純粋だったのに、人はなぜ醜くなっていくんだろう。醜くなった俺が普通に学校生活を送り、純粋なままの優也が不登校になっているのはなんでだろう。

俺はひどく自己嫌悪に陥った。

咲良はきっと優也と同じ側だ。醜くなってはいない。おかしな行動をとったりはしたものの、人を攻撃したりはしない。優也はその咲良を助けろと言う。

そうだ。今となっては、俺は優也や咲良の側にいる。もう一度純粋な頃に戻ってやってみろと、試されている気がした――。

アカシックレコード

小島たちが俺を捕まえる——。
暴れる俺を仲間が押さえつけ、あっという間に服を脱がされる——。

孤立してるならどっちだって一緒だと優也は言った。だがこんな夢を見てしまったら、咲良を助けるどころではなくなってしまう。ここまでいじめがひどくなるなら、やっぱりなにもしないのが一番ではないか。
夜寝る前は、咲良をこれからどう救っていくかを考えていたが、既にしてその意志は揺らいでいる。他にも色々衝撃的なものを見たような、ぼんやりした記憶はあるが、自分が脱がされるという強烈なインパクトで頭の中はいっぱいになっていた。今日はなんとしてもそれだけは避けたい。

脱がされたのは体操服だ。つまり体育の時間に実行されるに違いない。一番行われやすいのは着替えをしているときだと思うが、夢の中では教室ではなかった気がする。それでも用心して、小島たちが早々に着替えて出て行ったのを見届けてから服を脱いだ。

教室を出るのが最後になった俺は、校庭に向かうフリをして、女子の体育が行われている体育館に向かった。脱がされるとわかっている体育の時間を回避するために授業をサボるのと、優也に言われた通り咲良の様子を見に行くためだ。

体育館の横の窓からそっと覗くと、中ではバレーの授業が行われていた。サーブの練習で咲良が河合たちから集中攻撃を受けている。生徒それぞれを見て回る先生の目が離れたスキを狙った陰湿な犯行だ。

咲良はさすがにいつものすました顔ではいられないようだった。ボールが顔に当たれば痛いに決まってる。それでもみんなは容赦なく咲良めがけてサーブを打ち込む。

ひどいと思ったが、この状況ではどうしようもない。優也は彼女を助けろと言うが、女子をかばうのは男子よりずっと難しい。しかも当の本人は非協力的なのだからなおさらだ。

なにもできずに眺めているうちに終業のチャイムが鳴った。教室に戻らねばと思ったとき、「てめえなにのぞきやってんだよ！」という声がしたかと思うと、数人に羽交い絞めにされた。

しまった！　と思ってももう遅い。俺は小島たちに押さえられて、夢に見たとおり、あっという間に脱がされた。

そして、彼らはパンツ一丁の俺を囲みながら体育館に入り、向こうでボールやネットの片づけをしている先生や女子たちの目を盗んで倉庫に閉じ込めて出て行った。

パンイチの状態ではとても女子がいる前には出て行けない。すべて計算ずくというわけだ。どうすることもできず、身を隠せそうなものはないかと辺りを探した。

やっとの思いで体を包めそうなシートを見つけたとき、倉庫の扉が開いた。

咄嗟に隅に隠れたが、なぜか誰も入ってこない。

不審に思っているところに、バレーのボールが詰まったカゴと一緒に放り込まれたのは、下着姿の咲良だった。

「！」

俺は卒倒したが、すぐに扉が閉められ、外で女子たちのゲラゲラ笑う声が響く。

周囲を見回した咲良は、パンツだけの俺の姿に気づいて少しだけビクッとしたものの、俺が男子に同じことをされたのだと瞬時に理解したようだった。目のやり場に困ったが、それは向こうも同じようで、お互い顔を逸らしてその場に立ちすくんだ。

誰もいなくなった体育館の中は静まり返っている。だが、弁当を食べ終わった生徒たちが休み時間の遊びにやって来るのは時間の問題だ。

俺たちはどちらからともなく、再び顔を見合わせた。

すらりとした咲良の体は美しかった。いや、そんなことを考えてる場合じゃない。慌てて俺は思考を戻し、青いビニールシートを指して言った。

「女子がいなくなったら、これ着て教室に戻ろうと思ってたんだ」

シートに視線を落とす咲良。

「二人でこれにくるまって出るっていうの？」

「あ、いや、それはちょっと……ないかな」

解決にもならないことを言ったと思った。

「いいよ。それで先に戻りなよ」

そう言って咲良はマットの上に腰かけた。そのままずっといるつもりだろうか。

「先に俺が行って……なんか着るもの取ってくるよ」

「ほっといて」

「でも……」

「どうせ誰かがここを開けるでしょう？」

咲良は毅然《きぜん》としていた。確かに、ここに入ってくるのは昼食後に遊ぶためにボールを取りにくる生徒のはずだ。いじめが目的じゃない以上、驚きはするだろうが、すぐに先生に言うなり助け出してはくれる。恥ずかしがらない咲良の勝ちだ。そして、そこには俺がいない方がいい。男女が半裸でいる状態の方がマズい。ただ、どちらにせよ服を隠されたのは事実なので、被害者だと説明はできるだろう。

だが甘かった。敵はもっと巧妙だった。倉庫の上の小さな窓から二人の体操服が投げ込まれたかと思うと、直後に扉がガラッと開いて担任の近野裕子が入ってきたのだ。

「あなたたち、いったいなにしてるの！」

小島と河合の連携プレーに違いない。どちらかが先生を呼びに行き、一方では先生が到着する寸前に服を戻す。こちらは服を着るヒマもなく、隠されたという言い訳も通用しなくなる。今の俺たちの客観的な姿は、体育倉庫という密室で、服を脱ぎ下着になっている男女にしか見えない。完璧な罠《わな》に嵌められた――。

放課後、俺と咲良は生活指導室に呼び出された。目の前には担任の近野先生と、生活指導の西田浩一《にしだこういち》が座っている。

「黙ってないでちゃんと説明しなさい。なんであんなことをしてたんだ？」

西田は三十代の体育教師で、がっちりしたジャージ姿はドラマに出てくるような典型的生活指導のイメージだ。言うことがはっきりしていて嫌な先生ではなかったが、逆にこちらの細かい気持ちなどは理解してもらえそうになかった。

「先生はあなたたちを叱ってるんじゃないのよ。心配しているの」

近野先生はさすがに普段のような淡々とした口調ではなかったが、やはりどこか事務的で、心を開く気持ちにはなれない。

先生たちの言う、あんなこと、とはなにを指しているんだろうか。単に下着姿でいたことか、それともそういう格好でなにかよからぬ行為をしていたとまで思われているのか、測りかねたので、

「服を脱がされて、閉じ込められたんです」

と、一応、事実を言ってみた。

「誰にやられたんだ？」

「それは……言えません」

小島たちのことをチクッたと知れたら、あとでなにをされるかわからない。

「言えないっていうのは、誰かに脅されているからか？」

「いえ、そうじゃないですけど……」

「じゃあなんで言えないんだ？」

この調子だ。ただただ白か黒かで、生徒の感情までは読み取ってくれない。すべてを話しても、今度は小島や河合が呼び出されて怒られ、あとでそれが俺たちに跳ね返ってくる結果にしかならないだろう。

「藤村さんはどうなの？　あなたも誰かにそうされたの？」

咲良は終始無言だった。反抗的な態度はとっていないし、恥ずかしそうにもしていない。ただずっと机の上に視線を落としている。

その様子がショックで俯いているように見えたからか、先生たちはそれ以上彼女を追及しなかった。あるいは、性的な質問を女の子にしづらかったとも考えられる。

咲良が黙りこくり、俺も犯人が誰かを答えられなかったので、先生は俺たちが本当に淫行していたと思っているのかもしれない。

結局、今回はお咎《とが》めなしで、親にも言わないから、今日のところは帰りなさい、という結論で俺たちは解放された。

校門を出ても、咲良は無言ですたすたと歩いて行く。俺は「じゃあ」とも言えず、なんとなくつられて一緒に歩いた。

「どこまでついてくるの？」

だいぶ経って、さすがに咲良が振り返った。

「あ……いや、そこまで送ってくよ」

思わずそう答えてしまったが、そこまでがどこまでを指すのか自分でもわからない。

「いい」

再び歩き出す咲良に、それでも引き返す気になれず、俺はそのままついて行った。

咲良も、それ以上なにも言わない。

気まずい状態が続き、なにか切り出そうとしたとき、彼女が立ち止まった。

「ど、どうしたの？」

「ここ、あたしのウチだから」

え？　と驚いて目の前の建物を見上げた。

築何十年かと思うくらい古く、汚いアパートだった。なんともコメントしづらく、代わりに、直前に言おうとしていたことを思い出して口にした。

「親に連絡されなかったのは感謝だよな」

だが、咲良はこちらを見ようともせず答える。

「違う、学校が問題にされるのを避けただけ」

あ、そうか、と思った。あらためて単純な自分が嫌になった。

別れ際、ようやくこっちを向いた咲良は、わずかに笑みを浮かべて「じゃあね」と言った。その笑顔は、なにもわかってない俺をバカにしただけなのかもしれない。でも確かに笑ったのだ。初めて見た笑顔だった。少しドギマギしてしまった俺は、しばらくの間、アパートの外階段をカンカンと上がり、奥へ消えていくそのうしろ姿を見送っていた――。


「まあ、よかったんじゃない？」と優也は笑った。

「なにがいいんだよ。脱がされたんだぜ、俺は」

「藤村さんを送って行ったんだろ？　少しだけ心を許してくれたって感じじゃない」

「そんな風でもなかったよ」

「少なくとも、今回は無視されたりひっぱたかれたりしてないんだから、進歩だと思うけどね」

優也はどこか嬉しそうだった。たぶん、家に引きこもって以来、外部の人と関わらなかったので、自分以外の誰かについて考えることが新鮮なんだろう。

だが俺にとってはもっと切実だ。依然として、夢で見たトラブルを回避できないままなのだ。

「そんなことより、正夢の原因を考えてくれよ」

「それについては、ちょっと調べてみた」

「マジで！」

「残念ながら、有益な情報はなかったな」

がっくりだ。優也のことだから、きっと現実的な根拠や対処法を導き出してくれるものと思ったのに。

肩を落とす俺に「ただ」と優也は続けた。「面白い考察を見つけたよ。アカシックレコードっていう理論だ」

「あかし？」

「アカシックレコード。インドの哲学からきている言葉で、人間の過去、現在、未来すべての記憶が宇宙には存在するって考えだ。邪心のない者、右脳が発達した人、霊感などをもつ体質の人が、そこにアクセスできる能力を持っていたりするらしい」

「俺がそんな人間なワケないでしょ」

「まあ、颯太がそういう体質かどうかは別として、すべての出来事が宇宙レベルでは決まっていて、決定づけられた未来の部分を、たまたま見てしまったということだよ」

「ちょっと待ってくれよ、俺はそれを変えようとして色々やってみたんだぜ。決まっちゃってるんならどうしようもないじゃん」

「だから有益な情報ではないって言ったんだよ」

確かに、今までの夢の出来事はすべて実現している。咲良がトイレに閉じ込められるのも、俺が脱がされるのも、避けようとしても結局は起こってしまった。決まっている未来には、なにをしてもムダというわけだ。

「優也もそのなんとかレコードを信じてんの？」

「いや、説としては面白いけど、普通に考えて、事件が起きるとわかっているんなら、未然に防ぐことだってできると思う」

「でもその未来が決まってて変えられないんだろ？」

「パラレルワールドっていう考え方もある。変わる未来もあれば変わらない未来も同時に存在するってやつだ。他の世界はまあどうでもいいとして、今ここにいる颯太の未来さえ変わればいいんだからさ」

「ややこしい」

「机の落書きは消せたんだろ？　その時点で、落書きを見てショックを受けるはずだった人が、そう思わずに済んでるんだ。つまり、未来は変わってる」

納得できるようなできないような感じだったが、今の俺にはこうして相談に乗ってくれる存在がいるだけで有難い。「もう少しだけ、頑張ってみるよ」と言って優也と別れた。

変化

弁当箱が落ちていく――。
中身が教室の床に派手に散らばる――。

これは俺の弁当だろうか、咲良のだろうか？　予知夢に出てくる以上、それ以外の誰かのものではない。最近は咲良にまつわる夢は少なく、ほとんどが自分に起こる出来事だ。ということは俺の弁当か。そう思って、すぐに着替えて下に降りた。

一階ではいつものように母さんが朝食と弁当の準備中だ。

「おはよう」

「おはよう。今日も早いのね。お弁当、もうちょい待ってね」

「母さんごめん、今日はパンにする。弁当、帰ったら食べるからとっといて」

夢の中で散らばった弁当は、ぼんやりしていて箱の形や中身がどんなものだったかの記憶が不鮮明だ。俺のものか、咲良のものか、少しでも可能性を絞る必要があった。パンを買って行けば少なくとも俺の弁当ではなくなる。

「颯太！」出がけに母さんが呼び止めた。

「うん？」

「……頑張ってね。いってらっしゃい」

このところ暗い俺のことを心配しているのだろう。敢えてわけを訊《き》いたりしないのは、思春期の息子に対する母の気遣いというやつか。

「いってきます！」

俺は努めて明るく応えて家を出た。


「お！　不純異性交遊」

「あいつ藤村とマジでつき合ってんの？　キモ！」

「やっちゃったんでしょ」

「らしいよ」

「やらし！」

教室に入ると、陰口とも直接とも取れる悪口を男子からも女子からも浴びせられた。

机には「犯罪者」とか「インコーサイコー」などと書き込まれている。きっと咲良の机も同様だろう。

二人が体育倉庫で下着姿になっていたらしいという噂は、あっという間に広まっていた。それを仕掛けた小島久仁夫や河合美帆一派が発信源に違いない。自分たちのイタズラは伏せて、俺たちが先生に捕まった状況だけを広めているのだ。

航や大和は、もちろん小島たちがわざとそうさせたことに気づいている。二人はあれから俺を避けてはいるものの、いじめを受けている俺を見て、みんなと一緒になって笑うことはしなかった。きっと、俺が優也に対して思っていたのと同じ気持ちを持ってくれてるのだ。だが、それ以外の生徒は、もしかしたら噂を本気で信じているのかもしれなかった。

咲良はいつもながら動じていない。いくら平静を装おうとしても隠し切れない俺と違って、何事もなかったかのような態度だ。しかし、その姿勢は、優也のときと同じく、河合たちを躍起《やっき》にさせてしまったようだ。

「すましたカオして、やることはやってんだ?」

もはや直接、まるめた紙を投げつけ河合が罵る。それに合わせて取り巻きがゲラゲラ笑うという状態だ。それでもなお、咲良は無視を続けている。

俺たちへの嫌がらせは休み時間ごとになにかしら繰り返され、問題の昼休みを迎えた。

みんなが仲のいい者どうし机をくっつけだす中、いつものように俺と咲良はそれぞれの席でひとりぼっちだ。

直前まで国語の授業をしていた近野先生が、自分の弁当を取りに職員室に行っている間に、予想通り、咲良の頑なな無視が気に入らない河合が近づいていく。咲良は弁当箱を机に出したばかりだ。これからその弁当が床にぶち撒《ま》かれるかと思うと、パンに手を付ける気にもならない。

どうすれば防げる？　なにか方法はないか？　俺は斜めうしろの咲良を気にしつつ、どうすることもできないままでいる。

「藤村～、弁当おいしそうじゃん」

咲良に絡む河合の声が聞こえてくる。

もう無理だ。今から回避する手立てはない。優也ごめん、今日の夢はなすがままスルーするしかないみたいだ。

「ちょっと味見させてよ」

河合が咲良の弁当を取り上げて高く掲げる。その手がゆっくりと回転し、弁当箱を逆さまにしていく。が、斜めになったところでぴたりと止まった。

「やめろよ」

俺の手が、河合の腕をつかんでいた。

クラス中が驚いて注目する。心配そうに眺める航と大和の姿も見えた。

ああ、ついにやってしまった。みんながいる前で、堂々と咲良をかばってしまった。

だがもうあとには引けない。

「なんだよ」という河合の手から弁当箱を取り上げて、咲良の机に戻した。

みんなの前で俺に行動を制された恥ずかしさからか、河合が怒りを露《あら》わにする。

「触んなよ、こいつ！」

俺の手を振りほどき、つかみかかってきた。その過剰な反応に驚いた俺は、思わず河合を突き飛ばしてしまった。

「きゃ！」

うしろの机にぶつかり、床に転がる河合。

それまでニヤニヤしながら見守っていた小島が、顔色を変えて俺に突進してくる。

「おめ、なにやってんだ！」

今度は俺が小島につかまれ、突き飛ばされて、咲良の机にぶつかって倒れた。

目の前に落下してきて派手に散らばった咲良の弁当は、まさに夢で見た光景だった――。


生活指導の西田が、俺を睨んで腕を組んでいる。その横で担任の近野先生が困った顔でため息をついた。昨日に続き、二日連続で生活指導室だ。

「今度は女の子に暴力を振るうって、いったいどうなってんだ！」

案の定、そういうことになっている。彼らは俺と河合と小島、そして咲良にも個別に話を聞いて、最後に俺を残した。最初の聞き取りで事実を話したのだが、結論は河合が被害者で、こっちは加害者扱いだ。そして小島は、その俺を制止したことになっている。

「だから、僕は藤村さんが嫌がらせを受けてたので止めたんです」

「河合は藤村の弁当を褒めていただけだったそうだ。そこにおまえが急に入って腕をつかんだそうじゃないか。小島もそうだったと言ってるぞ」

「藤村さんはなんて言ってたんですか？」

咲良に対しては主に近野先生が話したらしく、西田に代わって答えた。

「藤村さんはなにもしゃべらなかったわ。お弁当をひっくり返されてショックだったみたいだけど」

　終始だんまりの咲良は想像できる。それにしてもあんまりだ。彼女さえちゃんと事実を言えば、二対二でまだ言い分は通用したはずなのに。だが、これまでの様子を見ても、咲良にそれを期待するのは無駄だった。

「おまえのせいで、藤村も嫌な思いをしたんだぞ」

「野口くんは嫌がらせかもしれないって勘違いしただけなのよね？」

　俺は頷《うなず》くか迷った。なんせ、勘違いではないのだから。

「勘違いかどうかよりも、女子を突き飛ばすのが許されないって言ってるんだ！」

「まあまあ西田先生、河合さんも幸い怪我《けが》はなかったし、気にしてないって言ってたから、もういいでしょう」

　近野先生は多少、フォローしてくれてるようだったが、結論として、俺が悪者にされたことに変わりはなかった。


　帰りの下駄箱には「女の敵」だとか「死ね」と書かれた紙が貼られていたが、もうそんなことではショックは受けない。

　靴に履きかえたとき、足の裏に異物の感触があった。確かめてみると、靴の中になにかが入れられている。

――これは嫌がらせではない。中にあったのは、画鋲《がびょう》でもなければゴミでもない、それは小島につかまれた際にちぎれ飛んだ、俺のシャツのボタンだったからだ。

ボタンが取れたことに気づいたのは、俺が小島に倒されて騒然となり、そこに近野先生が「いったいどうしたの！」と入ってきたときだ。立ち上がってシャツを正すと、つかまれた胸のボタンがなくなっていた。

河合がヒステリックに喚《わめ》き、先生が小島と俺を問いただしている間、咲良は無言で散らばった自分の弁当を拾い上げて弁当箱に戻していた。きっとそのときにボタンを見つけたのだろう。靴の中に入れたのは、彼女の仕業としか考えられなかった。


放課後、俺は再び優也の元を訪れ、今日起こった出来事を報告した。

「結局、弁当は床にばら撒かれたんだ。やっぱりなにも変えられないいんだよ」

げんなりしている俺に対して、優也は前向きだ。

「そうかなあ。途中までは成功したと考えるべきだと思うよ」

「途中までじゃしょうがないよ。今までも全部そうだった。うまくいったと思ったら、最後に全部ひっくり返される」

「でも、今日初めて正々堂々といじめを止めたんだろう？　大躍進だよ」

「それがいい結果になってればね。けど結局は咲良の弁当は散らばって、俺は悪者扱いだよ」

「じゃあ、ボタンの件はどうだ？　咲良が入れたんだろ？」

俺が咲良咲良と話すものだから、優也がいつの間にか咲良と呼んでいておかしかった。

「話を聞く限り、今まで彼女が颯太になにかをしてくれたことはない。それが、取れたボタンをわざわざ靴に戻してくれるなんて快挙だ。自分を守ろうとしてくれた颯太に対する感謝の気持ちがなければそんなことはしない。颯太が勇気を出さなきゃ、それも起こらなかったんだぜ」

それはそうだった。実をいうと、俺は正夢阻止の失敗よりも、咲良がボタンを戻してくれたことの方が心に響いていた。

優也はそれからも、俺が行動したから事態は変化したんだと強く語った。

多少、心が落ち着いた。

落書きを消して、それを目にするはずだった咲良の未来を変えられたのと同様、今回も、嫌な思いをするだけだった彼女の未来を、少しだけ変えられたと考えよう。

尾行

灯台――。

断崖の風景――。

柵の向こうに広がる海――。

２０３という数字の横に「藤村」と書かれた紙がプレートに差し込まれている。

目の前にあるのは咲良のアパートの一階に並んだ郵便受けだ。別に手紙を入れようとしているわけではない。日曜日、遊びに行く友達もおらず、かといって、ひとりで部屋に籠もっているのにも耐えられず、俺は、思い切って外に出た。

優也のところへ行こうかとも思ったが、今日見た夢は灯台や海の景色、つまりは日常の風景だ。咲良は出てきていない。自分がいじめられる夢とも違う。めずらしく予知夢ではない普通の夢を見た。だから、わざわざ優也に相談に行く必要もなく、いつの間にか咲良のアパートに向かっていた。そうして今、郵便受けの数字から部屋番号を探り当てたところだ。

できれば彼女と話をしたいと思った。学校では難しいし、そもそも咲良は言葉を発しない。でも聞きたいことはたくさんあるんだ。なぜ最初から心を閉ざしているのか、なぜあれほどのいじめを受けても黙っていられるのか、それに、シャツのボタンを戻してくれたお礼も言いたかった。

これまで彼女を見てきてわかったことがある。初めの頃感じていた印象、そして今でもみんなが咲良に抱いているであろう、他人とズレていてちょっと頭がおかしいコミュ障、という認識は間違っている。たとえ二言三言の会話であっても、他の生徒や先生より、まともに咲良と接した俺は知っている。彼女が実は冷静に物事を見つめているということを。

咲良は自分がなにをされているのかもわかっているし、教師がどんな風に考えているかも知っている。だが、それに対して無反応を貫く姿勢は謎だ。きっとなにか理由がある。そうするに至った経緯があるはずだ。

考えてみれば、俺は咲良のことをなにも知らない。この十四年ばかりの人生をどう生きてきたのか、どんな経験をしたのかを知りたいと思った。それがわかれば、予知夢の謎もなにかしら解けるかもしれない。そのためには、彼女と話をしなくちゃならない。

迷った末に、俺は家の扉をノックしようと決心した。咲良が家にいるかどうかもわからなかったが、まずはドアを叩いてみないことには始まらない。

アパートの二階に向かって、錆びた鉄の外階段を途中まで上りかけたとき、ガチャリという音と共に咲良が扉から出てくるのが見えた。

「！」

咄嗟に俺は、階段から逃げ戻り、郵便受けの奥に身を隠してしまった。

咲良はカンカンと階段を下りて、そのまま歩いて行く。

距離をおいて、俺はそっとそのあとを追った。

家の前から続く緩やかな山道をひとり歩く咲良。

図らずも、彼女を尾行する形になってしまった。成り行きとはいえ、女の子のあとをつけるのは、なんだかストーカーや変態に思えて気が引けた。いつ振り向いて気づかれるかとビクつきながら、これは探偵やスパイと同じなんだと自分に言い聞かせ、歩を進めた。

だから、制服以外の彼女の格好を見るのが初めてだと気づいたのは、尾行を開始してだいぶ経ってからだ。

グリーンのパーカーにデニムのショートパンツ、赤いスニーカーというでたちは、正直いって普通っぽすぎて新鮮味はなかった。髪型がショートカットのせいで少年のようにも見える。まあ、Tシャツにハーパンの俺も普通すぎる格好だったが……。せめてミニスカートくらい穿《は》いて欲しいと思ったが、ミニどころか、自分は既に咲良の下着姿まで見ていたんだと思い出し、恥ずかしくなってしまった。

それでも、ショートパンツからスラリと伸びた長い足は相変わらずかっこよく、スタイル抜群だった。パーカーに手を突っ込んだ彼女は、他になにも持たず、てくてくと進んでいる。

初夏の木々に覆われた道は、それだけでなにかのポスターになりそうな景色だった。晴れ上がった空の白い雲。山間から時折覗く水平線。少しだけ吹いている風がまた気持ちいい。戦場のような学校の中にいるのとは大違いだ。

そうしてだいぶ歩いた頃、咲良は街道を逸れて小道に入った。向こうには森から頭を突き出した灯台が見えている。目的地はきっとそこか岬だろう。灯台の先は開けた断崖の岬となっている。

俺は彼女との距離を保ちつつ、慎重に追いかけた。森の小道では木の枝や葉を踏むと音を立てるので、相当離れていなければならない。

思った通り、咲良は灯台に辿り着き、立ち止まった。

ビルでいうと七階建て程度の高さで、小さな展望台も備えつけられた灯台は、シーズンには地味に観光スポットとなるが、今は人の気配がない。

咲良はその建物をじっと見上げたまま動かない。中に入るつもりはなさそうだ。

俺は木の陰に隠れて、遠くから様子を窺った。

辺りはひんやりとして、木々の静寂の中に、波の音と鳥の鳴き声だけが響いている。うっすらと差し込む木漏れ日の下、彼女は上を仰いだまま目を閉じると、森のにおいや鳥たちの声を受け止めるように開いた手を下に広げ、ゆっくりとその場で回転した。

美しかった――。

いつもの咲良からはとても想像できない姿だ。常に張りつめて、周囲をすべて敵とみなしたような目つき、他人を寄せ付けないオーラを発した彼女しか見てこなかった俺は、思わずその神聖とも言える光景に見とれてしまった。

やはり彼女は、本来の姿を隠している。学校では素顔を知られまいと無理に振る舞っているんだ。

しばらくして、ようやくその場を離れた咲良は、そのままその先の岬に向かった。森を抜けると、ごつごつした溶岩が一面に広がっている。隆起した岩々はまるで火星かどこかの表面にいるようだ。岬は、その巨大な溶岩が積み重なってできており、先端は切り立った断崖絶壁となっている。

まさか、海に飛び込むつもりじゃないだろうか、と不安になった。断崖は、眼下の海まで優に二十メートルはある。即死するほどの高さではないが、下は岩礁《がんしょう》だし、落ち方次第では助からない。手前には柵が設けられているものの、簡単に乗り越えられる代物だ。

幸いにも、彼女は柵を越えることはなく、その場にしゃがみこんで海を見ているようだった。

ほっとした俺は、今朝の夢を思い出していた。灯台、そして岬の景色。これらはやはり正夢だった。共に遠景だったので、ただの景色と勘違いしたのだ。実際にはそこに咲良が入り込んでいた。

俺はそっと岩々を回り込んで、彼女の横顔が見えるくらいの位置に移動した。そのとき、ふと気づいた。咲良は海を眺めているのではない。柵の支柱を見ているようだ。

柱をそっと指でなぞっている様子から、そう思えたのだ。

その後、彼女はすっと立ち上がり、水平線を見やったかと思うと海に背を向けて来た道を戻って行った。

離れた横の位置にいた俺は、あとを追わずに柵に向かった。咲良が支柱のなにを見ていたのか知りたかったたからだ。

そこにはマジックで小さくこう書かれていた。

『二人が幸せになれますように』

咲良が書いたんだろうか？　二人とは？　彼氏？　咲良には誰かつき合っている人がいるんだろうか……。

夢に出てきた柵はこれのことだった。柵の向こうに広がる海の風景と思っていたが、実は柵にはこの小さな文字が書かれていた。

あたりはもう暗くなり始めている。先ほどの晴天から天気は徐々に曇り空になり、雨が降り出しそうな気配があったが、俺はしばらく、そのかすれたマジックの文字から目が離せなかった——。

接触《スキンシップ》

尻もちをついた格好で水たまりの中にいる咲良。頭から泥水をかぶり、俯いている——。

ビジュアルとして残っているのはこの光景だ。昨日の晩から今朝にかけて、夜通し激しい雨が降った。きっと校庭には大きな水たまりができているだろう。つまりこの夢は、咲良がそこに突き飛ばされるなりして倒された様子を表している。

もうひとつ、なにか視覚ではない感覚が記憶に残っている。なんだかわからないが、未体験の感覚が……。

正夢に対処するのが、今の俺に課せられた使命だ。しかし昨日、あの柵に書かれていたひと言がずっと頭に引っかかっていた。「二人が幸せになれますように」という言葉を咲良が書いたとすれば、恋人がいると考えるのが普通だ。あるいは、誰か他のカップルの幸せを願うセリフとも受けとれるが、それをしみじみ眺めるというのもしっくりこない。

大事な人が咲良にいるのだとしたら、その人こそが彼女を救える人物なのではないか。いや、もしかしたらその人は遠くにいて、助けには来られないのかもしれない。咲良は転校してきたのだから、遠距離恋愛の可能性もある。

気になって仕方がなかった。攻撃的な咲良、そっとボタンを返してくれた咲良、森の中で見た咲良、全部がちぐはぐで一致しない。そしてあの柵に書かれた文字……。彼氏がいると想像すると、急に咲良が大人に見えてくる。

当然ながら、俺は女の子とつき合った経験などない。小学校時代に、好きだった子はいた。
三、四年生の頃はよく女子も男子と一緒に遊んでいて、その中にとても活発で明るい子がいた。人懐こくて誰とでもすぐに仲良くなるタイプだ。背は小さかったが運動神経がよく、走るのも泳ぐのも得意で男子にも負けていなかった。友達の誕生日会で、みんながお互い誰が好きかを言い合ったとき、俺は彼女の名前を答え、向こうも俺の名前を言ってくれて嬉しかった思い出がある。だが、もちろんその年齢だから恋なんかではない。女子でありながら一緒にいて楽しく、話せる相手だったから「ＬＩＫＥ」だったんだろう。

五、六年生になると、女子連中が妙にませてきて、誰それくんがカッコいいだの、恋のおまじないがどうのとやりだした。この時期は女の子の方が成長が早く、まだ思春期を迎えていない俺たち男子としては、そこにあんまり興味はなかったが、なんせ当の女子バナの対象はまさに俺たち男子だったので、当然巻き込まれることになる。俺を好きだという女子について「颯太はあの子のことどう思ってるワケ？」などと突っ込まれ困ったりした。

それでも、恋に恋した女子に影響を受けて、多少なりとも異性を意識したとき、カワイイなと感じていた女子もいた。優等生タイプだが、ひけらかしたりせず、友達も多い子だ。でも彼女の方は特に男子に興味は持っていないようで、同じクラスでありながらあまり話をする機会もなく、卒業後は別の中学に行ってしまった。いずれにしても、当時の俺に本当の恋愛感情があったとは思えない。

中学になって、男子も身長が伸びてひげが生えてくるのに伴い、異性を意識するようになる。そこに性的な話も絡んでくるので大変だ。特に一年の後半から二年にかけては性の情報が、あることないこと大量に入ってくるものだから、妄想がどんどん広がっていく。

でも、〝平和な平民〟である俺や航などは、そこで女子に積極的に接近したりアピールしたりはしない。というよりも恥ずかしさが先に立って、異性とうまく話せないのだ。俺はそうした興味や感情は妄想の中に収め、航のようなやつはアニメの中にその対象を求めていった。

「アニメのキャラを好きになってってどうすんだよ」

と聞いたことがある。

「どうするって、尊むんだよ」

「とうとむ？」

「だってよ、彼女たちは絶対に裏切らないし、劣化もしないんだぜ」

「おまえを好きになったりもしないだろう」

「俺ん中ではあるんだよ！」

なるほど、やつの中ではそういう世界になっているのか。確かに、現実の人間であれば嫌な面を見ることもあれば、デブになったりブサイクになってしまう可能性もあるだろうが、アニメだったらそんな心配はないわけだ。永遠に美しい姿で、ずっと自分を好きでいてくれる、尊い存在だ。

けど、俺も航をバカにはできなかった。自分も妄想の中だけで済ませていることに変わりないのだ。たとえ誰かを好きになったとしても、話もしなければ告白する勇気もない。だから、実際に女の子と交際するなんてのは想像もできないし、リアルでつき合っているやつは別世界の人間とまで思っているほどだ。

咲良は、その別世界にいるんだろうか……。

先週、みんなを前にして「やめろよ」と河合美帆を止めたせいで、今や俺はマジで咲良を好きなことにされていた。

机には「咲良かわいいよ咲良」だとか「バカップル誕生！」と書かれ、咲良の机には同様に「咲良愛してるよ！　by颯太」とか「俺と結婚しよう！　颯太」などと書かれている。登校して彼女の机の横を通った際、その落書きを目にしたときは、なんだか本当に自分が告白をしている気持ちになってしまった。実際、俺がかばおうとしているのを当人は知っているのだから、余計に意識してしまう。

水たまりの件は校庭で起こるので、教室では注意を払う必要がない。そのぶん、授業中も咲良に対する妄想が広がっていった。彼女が誰かとつき合っている姿、男と並んで歩いたり、手をつないだりしているところを想像し、さらにそれ以上のことまでしているかもと考えると、体育倉庫での下着姿が重なってめまいがした。どうも今日は、咲良のそうした面ばかりを考えてしまう。

昼休みに、それに拍車をかける出来事が起こった。

性的な興味やイタズラは女子どうしにもあるようで、彼女たちの間でブラはずしという遊びが流行《はや》った。うしろから近づき、制服の下から手を突っ込んで背中のブラジャーのホックを外すのだ。それをわざと男子の前でやり、相手を慌てさせる。男子たちはその女の子がキャーキャー言う姿を見て楽しんだ。

最近はその流行も一段落していたのだが、突然河合が、席に座っている俺の目の前で咲良にそれを仕掛けたのだ。

「やっ」

さすがの咲良も、ふいに自分のブラを外されて動揺し、胸を押さえてその場にしゃがみ込んだ。

取り巻きがゲラゲラ笑い、河合はわざとらしく俺を覗き込んだ。

「あれえ？　今日は助けてあげないの？　カノジョさんのブラ留めてあげなよ。ほらほら」

しゃがんでいる咲良の肩をつかんで彼女の胸を俺の方に向ける。咲良はその手を振りほどき、胸を押さえながらトイレの方に走って行った。

男子たちも、その姿をニヤニヤして見送っている。

俺は河合を無視したものの、目の前にいた咲良の制服の下で、ブラジャーが取れていた状態を想像してしまい、赤面していた。

「こいつ興奮してまーす！」

すかさず、小島久仁夫が俺を指さして笑う。

咲良が戻ってくると、

「野口がおまえ見てチョー興奮してたぜ」

と追い討ちをかけ、みんなが笑った。

一瞬、咲良と目が合ったが、彼女はすぐに顔を逸らした。いつもの醒《さ》めた目だった。昨日の姿とのギャップに戸惑いつつ、ここにいる誰も見たことがない咲良の素顔を俺は知っているんだと、みんなに言ってやりたい気持ちだった。


そして、もうすぐ問題の放課後を迎える。ショートホームルームが終わり、みんなが部活や下校に動き出した。

俺はなるべく目立たないように、距離を置きながら咲良のあとを追った。うしろ姿を見ながら、その真っ白なセーラー服が泥水に汚れるのは見たくないと思った。そんな思いをさせたくなかった。

　下駄箱の前で咲良は鞄から靴を出し、脱いだ上履きも鞄に戻した。上履きには既に様々な悪口がマジックで書かれているが、それ以上のイタズラ書きをされたり、隠されたりしないように、もはや下駄箱は利用していないのだった。

　靴に履き替え、昇降口を出る咲良。周囲を見渡しても、怪しいそぶりの生徒は見受けられない。だが、今まで夢が再現されなかったことはない。必ずそれは実行されるはずだ。

　行く先に大きな水たまりが見える。起きるとしたらそこだ。きっと予想もしないところから誰かが出てきて咲良を突き飛ばす。俺は横に沿った校舎の角を警戒しつつ、徐々に前方を歩く咲良との間をつめた。もうすぐ水たまりに到達する。この距離なら突進してくる者がいたとしても阻止できる。

　だが、なおも彼女の周りに近づく者はいない。もしかしたら、これとは別の水たまりがあるんだろうか、と思ったとき……。どんっ、と背中が押された。

「あっ」っと、つんのめった俺は、咲良と距離を縮めすぎていたために、彼女の背中にぶつかった。将棋倒しのような形で咲良が水たまりに倒れていく。

そうはさせない！　と思ってうしろから飛びついた。しかし——。

バシャン、とそのまま二人で泥水の中に転がってしまった。

咲良が正面から落ちるのを避けようと俺が体をひねったので、うしろから抱っこするような格好で横向きに倒れた状態となっている。二人とも制服はもちろん、頭から撥《は》ねた泥水をかぶっていた。

ギャハハハと河合たちの笑い声が聞こえた。

「なにコケてんの！」

「ウケるう！」

またしてもやられた。まさか自分の背後からだったとは。そして、結果として咲良を突き飛ばしたのが俺だったとは……。悔しさよりも自分の間抜けさに腹が立った。

「手、離してくれる？」

咲良が静かに訴えた。俺ははっとした。抱きかかえた手が、咲良の胸をつかんでいたのだ。ブラはずしのときによぎった胸の想像と相まって慌てて手を離した。

「ちょっと、やらしくない？」

「なに抱きついちゃってんの？」

「ドサクサでセクハラあ？」

女子たちの罵声を背中に受けながら、ようやく俺は咲良から離れた。咲良も上体を起こし、水たまりに尻もちをついた格好で、泥水に染まった自分の制服を見下ろしている。

その姿は、やっぱり夢に見た光景だった――。

優也は泥だらけの俺を見て、すぐに洗濯機と乾燥機を回してくれた。

あれから、咲良は無言で立ち上がって去って行き、俺は河合たちが手を叩いて笑う中、彼女を追いかけるわけにもいかず、別方向にその場をあとにした。

「とんだ災難だったたな」

下着姿の俺にタオルを渡しながら優也は言った。

「人災だよ。俺の」

優也はウケてくれた。でも、本音だった。

「俺が近づかなかったら、咲良は巻き添えにならずに済んだんだ」

「それはわからないよ。河合たちが元々どっちを突き飛ばそうとしてたのかによるからね。標的が颯太だったら、そう言えるけど、咲良だったら、颯太がいなくても同じ結果だった。ただ、普通、女の子が男子を倒そうとは思わないだろうから、たぶん咲良が狙われてたんだと思うよ。そこに丁度良く颯太が彼女の真うしろに来たから両方一緒にやられちゃったってとこだろう」

「完全に俺は余計だったたっていう……」

「でも、彼女が怪我をしなかったのは颯太のおかげじゃないかな。ヘタしたら足を挫《くじ》いたり、顔から転んでたんだから」

ふてくされる俺を優也は笑ってフォローした。でも俺は、もはや正夢を阻止することは不可能な気がしていた。

「やっぱりアカシなんたらってのは本当かもな……」

拭き終ったタオルを置いて俺はつぶやいた。

「アカシックレコード？」

「宇宙では過去から未来まで全部決まってるんだろ？」

俺の質問に優也は首を振った。

「俺は信じないけどね。でもたとえそうだったとしても、颯太は人の心の中まで夢で見るわけじゃない。そこに関しては未知なんだから未確定と同じだ。だから行動によって変化すると考えていいと思う」

「ややこしいって」

「じゃあこう考えよう。起こる現象は変わらなくても、人の捉え方が変わる。咲良が泥まみれになる事実は変わらないけど、颯太が助けようとしたことで、彼女の気持ちは救われた。シャツのボタンのときもそう言っただろ」

「咲良がそう思ってくれてるならいいけどさ」

「思ってるさ」

優也は咲良の気持ちを断定した。

おかげで俺はそれほど今日の失敗に落ち込まなかったが、そうさせている理由が他にもあった。でも、優也には伝えていない。

咲良にドキドキしていたなんて、言えなかった——。

キス

目の前に咲良の唇がある。彼女はしっかりと俺のことを見つめている。二人の顔が徐々に近づき、そして――。

リアルな感触だった。咲良のやわらかい唇と吐息。目覚めたあともずっと、胸の鼓動が高鳴っていた。

正夢だとしたら、今日、俺は咲良とキスをする。はたして、それを阻止すべきかどうか。これまでのいじめや災難は、当然自分や咲良にとって害だから回避しようとしてきた。でもこれは、今の俺にとっては害とはいえない。

岬での咲良の姿を見て以来、彼女のことを意識している自分がいた。もちろん、最初に夢にでてきたときから、思考の大部分を彼女に占められてきたが、それは予知夢を見るという異常な現象の主体だったからだ。

なにを考えているかまったくわからない気味の悪い存在だったのが、ボタンの件や、森の中で普段と違う一面を見て、彼女自身について知りたいと思うようになった。そしてそこには、異性としての意識も確実に伴っている。

昨日、夢の中で、視覚ではない、なにか別な感覚が残っていたが、それは咲良を抱きしめたときの触覚だったのだ。水たまりに落ちる際に抱えた彼女の感触は未だに残っている。細くて長い肢体、やわらかい胸、甘いにおい。普段じゃれあって航や大和には日常的に抱きついてるが、咲良の華奢《きゃしゃ》な身体は、それとはまったく異なるものだった。そのままずっと抱きしめていたくなるくらいに。

そこに、キスの夢ときた。嫌だと言えばウソになる。でもどんな経緯でそうなるのか注意が必要だ。咲良にからかわれるのか、誰かに強制されるのか……。普通に考えてロマンチックな展開が起こるとはまず思えなかった。今までも予知夢は巧妙に俺を陥れてきた。今度もそうじゃないとは言い切れない。その場になって、もし落とし穴だとわかったら、そのときは拒否しようと決心した。

咲良へのいじめは終わる気配をみせない。首謀者である河合美帆と小島久仁夫は、まるで日々の献立のように、次はなにをしてやろうかと策を練っているかのようだ。

そしてそれは大方、昼休みか放課後を狙って行われる。始業まで間もない朝や、十分休みの間では、すぐに先生が来てしまうのでやりにくいのだろう。

案の定、昼休みになって次の作戦が始動したようだ。

うしろに座る航が、こっそり俺にメッセージをくれた。

『昼休み、全員残れってＬＩＮＥきた。気をつけろ』

やっぱり、航は多少なりとも俺のことを気にしてくれていたのだ。しかし、警告してくれるのは有難いが、なにをどう気をつければいいのかわからない。

気が気じゃないまま弁当を食べ、先生が教室からいなくなると、確かに、いつもはそれぞれ校庭に遊びに行ったり教室を出るはずのみんながそのまま残っている。

咲良が立ち上がって教室を出ようとしたとき、前に河合が立ちはだかった。

そして、唐突にアナウンスした。

「これから、野口颯太くんと藤村咲良さんの結婚式を執り行いたいと思いまーす。みんな拍手～！」

「いえーい！」

河合と小島の取り巻きが手を叩き、何人かの生徒も仕方なくそれに合わせて拍手した。

小島たちが、俺を立たせて教室のうしろに押し出す。

まさか、これがキスの流れか！　こんな風にさせられるというのか。絶対に嫌だ。逃げ出そうとすると、小島が「おっとっと、新郎はちゃんとしてなきゃ」とうしろから押さえつける。

咲良は表情を変えずに俺の方を見ている。平気なのか？　咲良、それでいいのかよ？　いや、彼女はまだキスさせられるなんてことは知らない。俺が予知夢で知っているだけだ。どうする？　どう回避する？

「野口颯太、あなたは、藤村咲良を生涯、愛することを誓いますか？」

神父役になったつもりらしい河合が、俺に向かって言った。

腕を押さえられたまま、俺は相手を睨みつけることもできずに目を伏せてしまった。

「あら、なんか気弱な新郎ですが大丈夫でしょうか」

河合は咲良に向き直り、同じ質問をする。

「藤村咲良、あなたは、野口颯太を生涯、愛することを誓いますか？」

咲良は抵抗する様子もなく、その場に突っ立って、じっと河合を見据えている。

「なんか言いなよ、ほら！」

動じない咲良に苛立《いらだ》った河合は、声を荒らげて手作りの花かんむりを咲良にかぶせた。

咲良がそれをかなぐり捨てたとき、河合はキレた。

咲良をうしろの取り巻きに突き飛ばし、彼女たちはその体を捕まえる。そうさせておいて、再び花を咲良にかぶせ、

「結婚式と言えばあ？　キスだよね～！」

と叫ぶ。

ついにそのときがきた――。やはりここで無理強いされるのだ。

「お、いいなそれ！」

小島がうしろから羽交い絞めして、俺を咲良の方に向けた。

同じく、うしろから咲良をつかんだ河合勢が彼女を前に押し出した。

さすがに咲良は体をよじって抵抗したが、もがけばもがくほど、みんなは寄ってたかって彼女を押さえつけ、頭をつかんで固定させた。

俺の方も同様だった。小島に捕まえられたまま、両側から取り巻きに顔を固定される。

「誓いのキスを！」

「キース！　キース！」

河合の掛け声で、双方の子分たちが合唱を始める。航たちや教室のみんなは唖然として見守っている。ニヤニヤと笑っている者もいる。異様な空気だった。もはや俺に拒否される術《すべ》はない。夢の通りだ。咲良の顔が強制的に近づけられる。目の前に彼女の唇がある。

咲良は唇を噛《か》みしめながら、俺の顔をキッと見つめていた。俺はもう見ていられない。なにかに殴られる直前のように、目をつぶった。

どのくらいくっつけられていたのだろう。ようやく唇どうしを離され、二人は、解放された。

途端に花かんむりを投げ捨て、咲良は教室から駆け出して行く。

俺は反射的に追いかけた。とてもその場にいられなかったせいもある。みんなのゲラゲラ笑う声が背後に響いた。

廊下を突っ走って行く咲良。それを追う俺。追いかけてどうすればいいのか、自分でもわからなかったが、そうするしかなかった。

しかし、運悪く、前方に生活指導の西田浩一が通りかかった。

慌てふためいた様子で目の前をすり抜けた咲良に「うおっ」っと驚いた西田は、すぐうしろから追いかけるように走ってきた俺の襟首をがっしり捕まえる。

「なにやってんだ、おまえ！」

咲良はそのまま、階段の向こうに消えていった。


放課後、呼び出された俺は、再び生活指導室で担任の近野先生と向き合っている。

あれきり、咲良が学校を出て行ってしまったままだからだ。

「話は西田先生から聞きました。ケンカがあって藤村さんが逃げて行ったそうだけど、なにがあったの？」

「言いたくありません」

俺が咲良を追いかけまわすように見えた誤解は解いたものの、キスさせられましたなんて言えるわけがない。それに、ケンカなんかじゃないと言ってもどうせ信じてくれないだろう。

「藤村さんは？」

「学校から出てっちゃってから、西田先生たちが周辺を探してるわ。おうちの人にも連絡しておいたけど」

「そうですか……」

長い沈黙のあと、先生は俺を見つめて、身を乗り出した。

「いじめがあるって手紙をくれたの、野口くんね？」

「……」

「体育倉庫やお弁当のことも、それと関係してるんでしょう？」

黙っているのは、そうですと言っているのと同じだ。先生はたぶんそう解釈して続けた。

「実はね、藤村さんは、前の学校でもいじめられていたらしくて、わざわざ引っ越しまでしてこっちの学区に転入してきたの。だから、なるべくそっとして様子を見てたんだけど、やっぱり同じことになってしまったのね」

驚いた。転入の理由にではない。それはわかる気がした。それよりも、先生がそんな話を打ち明けると思わなかったのだ。

「先生もずっと前にね、クラスでいじめを受けてた子がいて、一生懸命やめさせようとしたことがあったんだけど、私が一部の生徒をひいきしてるって噂になって、PTAで問題にされちゃって……。だから、今の野口くんの立場がよくわかるの。でもめげないで頑張って」

やはり、先生が普段、生徒と距離を置こうとしている姿勢には理由があったのだ。

俺は少しだけ、近野先生の見方が変わった。

「岩崎くんのことがあって、今学校はとてもピリピリしてるから、先生もなかなか動きづらいんだけど、頑張ってみるわ」

ようやく優也の名前が出てきた。岩崎優也の不登校の原因がいじめだと、学校が認めたくないということだろう。

ともあれ、ここまで話してくれた近野先生にお礼を言って部屋を出た。


学校をあとにした俺は、優也のところではなく、あの古びたアパートの２０３号室を目指していた。咲良が家に帰っているかもしれないと思ったからだ。俺とキスさせられて嫌な思いをしたなら謝りたかった。ボタンを返してくれたお礼でもいい。なにか話をしたかったんだ。

ドアの前に立ち、鳴らしても反応がないか、咲良が出てくれるかのどちらかを想像しながら、思い切って呼び鈴を押した。

現れたのは、男の人だった。

「咲良の、お友達？」

「は、はい、あの、同じクラスの野口です」

予想もしない展開に焦りながら答えた。きっと父親に違いない。考えてみれば、家族の誰かがいる可能性だって十分あったはずなのに、頭から抜け落ちていた。それにしても父親が出てくるとは思わなかった。家の中なのにスーツ姿で、あの咲良のお父さんらしいイケメンの大人だ。

「ごめんね。まだ帰っていないんだ」

「そうですか……それじゃあ、大丈夫です。すいませんでした」

慌てたまま、帰ろうとすると、「あの」と呼び止められた。

「咲良のこと、よろしくね」

「え？……」

「いや、学校でちゃんとやってるかなって心配で。転校したばかりだから、優しくしてやって下さい」

「……はい。それじゃ」

そう挨拶して、足早に階段を下りた。

今日の強制キスのことは、さすがに優也に報告しに行く気にならず、日も暮れてきたので俺は家に向かった。

咲良はちゃんと帰っただろうか。捜索中の西田に見つかって、説教されたりしてなければいいが……。さっきは考える余裕がなかったが、もしかしたら咲良にお母さんはおらず、父親が学校から連絡を受けて家に帰ったのかもしれない。だからスーツのままだったのだろう。咲良が学校を途中で抜け出したこともわかっていたはずだ。それで「よろしくね」と言った。

優しそうな人だった。先生は咲良がいじめが原因で転入してきたと言っていた。引っ越しまでするくらいだから、きっと大変な思いをしたに違いない。それが、こっちでも同じ被害に遭うとは……。

やっぱり教師や親が解決することはできないのだと思った。俺が、咲良自身が、向き合うしかないんだ——。

破壊

宙を飛んでいく椅子。

教室中の机や椅子を倒し、投げ、めちゃくちゃにする咲良。

ぶつかった椅子によって割れた窓ガラスが飛び散っていく——。

俺は飛び起きた。なにが起きた？　なぜ咲良がこれほどの破壊行為を？　これは止めなくてはと思った。自暴自棄になってもなにも変わらない。むしろ咲良自身がどんどん不利になっていってしまう。

昨日、学校を飛び出した咲良が、そのままいなくなってしまうんじゃないかと不安だったが、夢に現れたということは学校には来るはずだ。だがこの内容はマズい。なんとしてもやめさせなくてはならない。

俺は早くに家を出て、優也のところに走った。

「どうしたの？　朝、来るなんて」

驚く優也に、俺は息を切らしながら、今日見た夢の内容をまくしたてた。

「優也、これも変えられないのかよ？　咲良がキレるのを止めるにはどうすりゃいいんだよ！」

「落ち着いて。原因はなんだったの？　どんな嫌がらせをされた？」

「それが、今日に限って、なにをされたかが夢に出てこなかったんだ」

優也はしばらく考えて、視線を俺に戻した。

「まず、ことが起こらないように咲良の周辺を見張るんだ。たとえいじめが行われても、大きくならないよう、それを止める」

「それから？」

「もし咲良が暴走しそうになったら、咲良自身を颯太が止める。他人になにかされるんじゃなく、これは本人の行動だ。河合たちを止めるよりずっと楽だろう」

頷く俺に、優也はもう一度念を押した。

「とにかく、しっかり見張るしかない。咲良から目を離さないようにするんだ」

「わかった」

今日こそ俺は、正夢を阻止してやる。決まっている未来などない。アカシックなんたらなんて知ったことか。

ここのところ、異性として意識したり、キスに惑わされて本来の目的から遠ざかっていた。俺は、予知夢が知らせる負の出来事を解決すべきなんだ。悪夢のスパイラルから抜け出すんだ。

肝心のいじめの内容が夢に現れなかったのが気になるが、どんなことが起こっても止めてみせる。久しぶりに夢に立ち向かおうという使命感に燃えて、勇み足で学校に向かった。

教室に入ったとき、まだ咲良は来ていなかった。いつもどおりみんなが俺を避けていき、机には「結婚おめでとう！」などと書かれていたが、もはや気になどしない。なにをされて咲良が暴走するのかを探り、その発生を防ぐ。それだけに集中するのだ。

俺はうしろの席にいる航に、小声で「昨日は教えてくれてサンキュ」と、お礼を言って座った。結局は防げなかったものの、河合たちの策略を知らせてくれたことへの感謝だった。

小島から無視の指令が出ているから、表だって会話はできないが、航は目で挨拶を返してくれた。

先生や航たち……少しずつ状況は好転している気がする。

咲良が現れると、女子たちが昨日のキスのことをヒソヒソ話しながら、文字通り笑いものにする。

咲良はそんな周囲に目もくれず、まっすぐ前を向いて歩き、席に着いた。そのいつもと変わらぬ様子に、ちょっと安心した。振り返って見ている俺と目が合ったが、キスの感触を思い出して、俺の方から視線を外してしまった。考えてみれば、強制とはいえファーストキスだったのだ。咲良の方はどうなんだろうか。いや、今はそんなことを考えるのはよそう。

近野先生の朝礼は変わりなく、どうでもいい挨拶だった。昨日の話から、先生がなにかアクションを起こしてくれるかもと期待していた俺は、少々落胆した。でも、ひとつだけいつもと違っていることがあった。話の中身はともかく、先生の目線が違う。明らかに生徒の顔を見てしゃべっている。今日は教室のうしろの壁を見てはいなかった。

授業中にいじめが行われることはなく、十分休みも、河合たちはなにも仕掛けてこない。やつらが動くのは主に昼休みか放課後だ。

だが、その危険度が高かった昼休みも、意外な理由で彼らは行動を制限された。いつもは弁当を食べ終わったら教室を出て行く先生が、なぜか席を離れようとしない。取り出した本を静かに読んでいる。きっと咲良や俺を見守るつもりなのだ。これでは河合も小島も手の出しようがない。

ではいったいいつだ？　いつ咲良に嫌がらせが行われ、暴走させるのか？

結局、なにもないまま放課後を迎えた。なにかが起こるとしたら今しかない。

俺は身構えていたが、またも近野先生は、帰りのショートホームルームが終わっても教室を出なかった。やはり、咲良が帰るまで見届けるつもりだろう。俺と目が合うと、先生は少しだけ笑顔を作ってみせた。有難い。おかげで何事もなく済みそうだ。

だが油断はならない。正夢は必ず起こるのだ。俺は最後まで気を抜かないよう、教室を出た咲良のあとについて行った。

彼女のすぐうしろで、危険が潜んでいないか周囲を見回しながら歩くのは、なんだかプロのボディガードになったような気分だ。

でも……やっぱり俺はプロじゃなかった。またしても邪悪な気配に気づかなかった。

「なに？　あんたらマジでつき合ってんの？」

てたまるか！

「違うってー、藤村の子分っしょ、これ」

「あっはっは、確かにー」

廊下で河合たちが追いついて、絡んできたのだ。

ちくしょう、最後の最後にきたか――。無性に腹が立った。ここでひっくり返され
てたまるか！

気づくと俺は、咲良の手を取って走り出していた。

「えええ？　マジい！」

「ちょ！　信じらんない」

「チョーウケんだけど」

うしろで騒ぐ河合たちのバカ笑いが聞こえたが、構わず階段を駆け下りた。さすが
にやつらは走って追いかけてはこない。

走りながら、咲良の手の感触にドキドキしていた。これまで、女の子の手なんて握
ったことはなかった。細くて、でも柔らかくて……引っ張られる咲良も手に力を入れ
るので、握り返されているようで余計に感じてしまう。

下駄箱まで来て、ようやく立ち止まると、咲良は俺の手を振り払って睨みつけた。

俺はいつもの数段上を行くその眼光のするどさにたじろいでしまった。

「ご、ごめん」

思わず謝るが、咲良はそのまま乱暴に鞄から出した靴に履き替え、昇降口を出て行く。

「あ、ちょっと……」

俺も慌てて履き替えて追いかけた。いつまた河合たちが追ってくるかわからない。教室での危険はなくなっても、学校の外でなにかされるかもしれない。こうなったらとことん守り抜いてやる。

早歩きで校門に向かう咲良。

同じスピードでついて行く俺。

学校の外に出ると、咲良はさらに速度を上げた。俺も負けじと小走りで追いかける。交差点を曲がったところで、一瞬、振り返った咲良は、曲がってきた俺を見てついに駆け出した。

なんかもう、意地の張り合いのようだった。何度も角を曲がり、もはや咲良の家とは違う方向に走っている。違う方向……そう、俺たちは学校の方に向かっている。なんと、また戻っているのだ。

走ってきたルート上、校舎の裏門を通ることになり、土足のまま階段を駆け上がって行く。それにしても咲良の脚力には驚かされる。俺は妙に感心しつつ、揺れるスカートのあとを懸命に追った。

咲良の終点は、なぜか自分たちの教室だった。扉を開けて入ってきたときには、俺も咲良も息を切らして汗だくになっていた。他の生徒は帰宅したり部活に出ていて誰もおらず、教室に二人きりだ。

しばらくの間、膝に手をついてはあはあ言っていた咲良が俺の方を睨む。

「なんでついてくるのよ！」

初日に浴びせられた「じろじろ見るなッ」というセリフ以来、初めて聞く咲良の怒鳴り声だった。

「なんでって、心配だから……」

「どうしてあたしに構うのよ！」

気圧《けお》された俺は、どう答えていいか迷った。予知夢の話をいきなりしても信じてもらえないだろう。そもそも、なぜ咲良を守ろうとしているのか、自分でもわからない。いや、最初は正夢の回避が目的だった。だが今は、それだけじゃない。もっと違う感情に引っ張られているんだ。

「だって、咲良が……」と言って、しまった、と思った。普段、咲良咲良と言って優也とも会話をしていたせいで、いきなり下の名前で呼んでしまった。だがもう遅い。

俺はそのまま続けた。

「咲良が、いじめられてるから……」

「あたしがいじめられようが、あんたには関係ないでしょ！」

「関係あるんだ」

「どういう関係よ！」

咲良はトーンダウンしない。その迫力に、こっちはうまく話せない。

「関係っていうか、黙って見てられなくて……」

「お父さんにまで会ったでしょう？　余計なことしないでよ！」

やばい、バレている。

「なんでよ！　なんでなの！」

鞄を投げつけられた。

「お、落ち着いて」

こっちが抑えようとするほど、咲良はさらに激昂《げきこう》した。

「あたしに優しくするな！　優しくなんかするな！」

ついに暴れ出し、そこら中の机や椅子を倒して回った。

「うああああ」

椅子をつかんで投げまくる咲良——夢で見た光景。

なんだよ、この事態を引き起こしたのは、今度もまた俺のせいだったってことかよ！

どうりで、いじめの内容が出てこなかったわけだ。周囲に人がいたかどうかは判然としなかったので、夢を見たときは、休み時間や放課後に起きるものと思っていた。まさか、こうして誰もいない教室で、二人きりのときに、よりによって俺が原因で発生するとは予想しなかった。

優也に言われていたこと——彼女自身を止めること、は思考の彼方《かなた》へ飛んでいた。頭が真っ白になっていて、動けなかった。

教室内は、机横にかかっていたバッグや中に入っていた教科書などが散乱し、投げつけられた椅子で黒板には大きな傷がつき、備え付けのテレビは破壊された。

俺は、ただただ、それを見守るしかない。

最後に投げた椅子が窓ガラスを割り、咲良は自分の鞄をひったくって教室を飛び出して行った。

そこでやっと俺は、はっとしてあとを追った。

　本当に今日はよく走る。学校から離れて海沿いの道に出たところでようやく咲良に追いついた。

「ちょっと、待って！」

　俺は彼女の腕をつかんで止めた。咲良はその手をぶんぶん振ってはがそうとしたが、俺は放さなかった。

「放してよ！　放せェ！」

　暴れる咲良に胸や顔を叩かれ、とうとう俺は彼女の体を抱え込んで叫んだ。

「いい加減にしろよ！」

「はあ、はあ、はあ、はあ……」

　腕の中でやっと抵抗をやめた咲良は、肩で息をしながら、ゆっくりと両手で俺を押し戻す。力んでいた体からすっと力が抜けたようだった。

　俺は手を放し、彼女と向かい合った。

「追いかけて悪かったよ。でも、放っておけなかったんだ」

　咲良は動かず、俺の目を見ようともしない。

「なんで誰とも話さないのか、なんでいじめられても黙ってるのか、全然わからなくてさ。そのうち、咲良のことが気になってしょうがなくなってさ……」

「抵抗したら余計に返ってくる……」

咲良がポツリと言った。

「前の学校でもいじめられてた。そこでわかったのは、抵抗してもあいつらを喜ばすだけ。すればするほど、倍になって返ってくる」

表情も変えずにそう話す咲良を見て俺はせつなくなった。これまで、彼女がどんなことをされてきたのかはわからない。でも咲良はきっと戦ったんだ。そうして出した結論が、無抵抗だったのだ。

「俺が……守ってやるよ」

我ながら、恥ずかしいセリフを言ってしまった。でも、本心だった。

「やめて！」

咲良はこっちを見ないまま遮るように言った。

「わかったでしょう？　そういうことしたら、自分がいじめられる側になるって」

「もうそうなっちゃってるんだから関係ないよ」

優也に言われたのと同じセリフを言って笑ってみせた。

咲良はそれ以上言い返さず、海の方に顔を向けた。

辺りはもう夕暮れになっている。堤防の向こうに見える海がオレンジ色に染まっていた。

俺は、遠くを見る咲良の横顔に見とれてしまった。長いまつげ。光を反射してぴかぴか光っている目。風になびくショートヘアがかっこよかった。

くるりと海に背を向けた咲良は、鞄をかけなおして「帰る」と言った。

「送ってくよ」

「いい」

ぴしゃりと言われ、どうすることもできなくなった俺を置いて、咲良は歩き出す。

「ボタン！」俺はその背中に向かって言った。「……拾ってくれてありがとう」

咲良は一瞬、足を止め、振り返った。

「昨日……相手が野口くんでよかった。前の学校では、もっとひどいことされたから」

言い淀《よど》んだ口調から、キスのことを言っているのだとわかり、俺は赤面した。

咲良は薄く笑って「じゃあね」と去って行った——。

優也は俺の報告を聞いて喜んだ。

「つまり、うまくいったんだ」

「ちゃんと聞いてた？　どこがだよ。またもや俺が原因だったってオチだぜ。教室はめちゃくちゃだよ」

「その割に落ち込んでないじゃない」

見抜かれていた。正夢の原因が自分にあろうと、教室が破壊されようと、俺は最後に咲良がちゃんと会話してくれたことに満足していた。別れ際に見せてくれた笑顔には、怒りも嘲りもなかった。「ありがとう」と言ってくれているように見えたんだ。

「まあね」と俺は言った。「先生も航たちも、少しずつ変わってきてるから、咲良もきっといい方向に向いていくと思うんだ」

「颯太が努力してるからだろ」

そうだ。俺は頑張っている。でもそうできてるのは、優也がいてくれたからだ。いじめがエスカレートして追いつめられたとき、最後に駆け込んだのは優也のところだった。そして優也は、そんな俺を受け入れてくれた。

「優也さ、そろそろ学校に来てみない？」

少し改まって言うと、優也は俺を見つめて首を振った。

「ムリだよ」

「なんでだよ？　俺がいるじゃん。咲良も優也もまとめて面倒みてやるよ」

胸を張ってみせると、彼は苦笑した。

「急に態度がでかくなったな」

互いに笑いあったあと、優也はこう締めくくった。

「颯太が咲良を救うことができたら、二人に会いに行くよ」


その晩は、久しぶりに気分よく床についた。

目を閉じると、咲良の姿が思い出される。二人で手をつなぎ階段を駆け下りた感覚、暴れる彼女を抱きかかえた感触、海を見つめる咲良の横顔……色んな光景が浮かんだ。

結果として、いい形で終わった一日だった気がする。

今夜こそ、いい夢が見れますように、と願いながら俺は眠りに落ちた。

リンチ

襲いかかる河合たち。

血走った目。乱暴に髪をつかむ手。

大勢に取り囲まれ、集団暴行を受けている咲良——。

愕然として目を覚ました。ちょっと待ってくれ。どういうことだ？　昨日はいい方向に向かっていたのに、こんな最悪な夢をみるとは。今日、咲良はリンチに遭うというのか？

いったいどうすればいい？　どうすれば阻止できる？

今まで何度となく考えて、挑戦し、ひとつもうまくいった試しがないのだ。行動したことはすべて裏目に出て、結局は夢の通りになってしまう。

なにかもっと、思い切ったことをしなきゃだめだ。主体である咲良自身を隔離してしまうとか……。それだ！　学校に来させなければいいんだ。いじめの舞台から主役そのものを降ろしてしまえ。

優也のところに相談に行く時間はない。俺は家を飛び出し、咲良のアパートに向かって駆け出した。


２０３号室のベルを押すのは二度目だ。このまえは父親が出てきて焦ったが、たとえ家族が出てこようが、とにかく咲良に学校を休ませるのだ。そう覚悟してボタンを押した。

ガチャリと鍵の音がして、扉が開く。中から顔を覗かせたのは咲良本人だった。

「なに……？」

少し驚いた様子の彼女は、相変わらず醒めた口調だったが、以前のような冷たさは消えている。既に制服姿なので出かける直前だろう。ともかく間に合ってよかった。

ここまで全力で走ってきた俺は、息を整えるのに時間がかかった。

「お父さんに用事なら、もう出かけたよ」

咲良はめずらしく嫌味を言ったが、そんな冗談につき合ってるヒマはない。

「今日いち日、家を出ないで」

「はあ？」

「今日は学校休んで」

「なに言ってんの？」

咲良は呆《あき》れた顔で返す。

「お願いだから、言うこと聞いて。でないと、ひどいめに遭うから」

咲良はさすがに真顔になる。

「もうお父さんに心配かけたくないの」

「急にヘンなこと言ってんのはわかってるけど、俺を信じて。お願い！」

手を合わせる俺に、咲良は困った顔をした。そして、しばらく考えたのち、

「わかった……。風邪ひいたってことにする」

と答えてくれた。

「ありがとう！」

ほっとした俺は、咲良に礼を言って学校に向かった。

教室に着くと、中は騒然となっていた。なぜなら、机という机、椅子という椅子が散乱し、テレビは壊れ、窓が割れていたからだ。

昨日は、この惨劇のあとすぐに咲良を追いかけたので、そのままの状態なのは当然だった。朝から彼女を休ませることで頭が一杯で、すっかり忘れていた。

既に誰かが呼んだらしく、近野先生と西田先生もいて、唖然としながら現場検証している。チャイムが鳴っても、ホームルームどころではなかった。

「静かに！　とりあえずみんな、自分の机と椅子を探して、元の位置に戻して」

西田の指示で、一斉に片付けが始まる。みな口々に驚きや不満を言い合っていたが、誰かが咲良の仕業だと言いだし、あっという間に合唱になった。

「先生、これ藤村さんがやったんですよきっと」

「それしか考えられません」

「いつかなんかやると思ってたもんね」

近野先生がそれを止める。

「証拠もないのに、そんなこと言っちゃいけません」

「じゃあなんで今日学校来てないんですか？」

そうだそうだ、と言わんばかりの雰囲気の中、今度は小島久仁夫が俺に詰め寄る。

「おい野口、おまえ藤村とつき合ってんだろ。どうなんだよ」

「一緒にやったんじゃないのこれ？」

すかさず河合美帆も追随した。

「藤村には事情を聴くから、はやく片づけて」

まるで咲良を犯人と決め付けたような西田の言い方に——いや、事実犯人ではあるのだけれど、俺は腹が立った。

「藤村さんがやったとしても、そうさせたのはみんなだと思います」

周りに聞こえるように、大きな声で言い放った。クラスの全員が耳を疑ったような顔で俺を見る。

「どういう意味だ、野口」

西田が聞き返す。

「藤村さんがいじめられてても、みんな知らないフリだし、先生もなんにもしないでしょう」

「なに言ってんの？」

「俺たちがなにしたってんだよ」

河合や小島が言い返したが、俺は構わず西田に向かって叫んだ。

「全員が藤村さんを追いつめたんです！」

自分でもなにを言ってるんだろうと思いつつ、ふっきれたような気持ちだった。もうここまできたら、なんでも言ってやる。

「ふざけんなよ！」

他の生徒も反論し、クラス中が騒ぎ出した。航と大和は顔を見合わせ困惑しているようだった。あいつらには、俺の気持ちをわかってもらいたい。

西田が「静かに！」と言っても収まらない中、近野先生が今まで聞いたことがないくらいの甲高い、通る声で叫んだ。

「今日は一旦、授業を中止します！　これは立派な器物破損だし、いじめのことは藤村さんにもちゃんと聞いて調べたいと思います。ひとまずみんな、このまま教室に待機するように！」

みんなは静まり、西田も驚いたように近野先生を見ていた。

「先生、ちょっと話し合いましょう」

そう言って、近野先生は西田を連れて出て行った。西田も、自分より一回りも年上の近野先生には従うしかないようだった。

結局、教室が窓ガラスの破片で危険なこともあり、俺たちのクラスは終日休講という判断が下された。どうやら昨日、閉校前に教室の巡視を怠った用務員も問題になったらしく、結構な大事《おおごと》になっているようだ。各家庭には連絡が行き、生徒たちは帰宅措置となり、在宅の保護者がいる場合はなるべく同伴して帰ることになった。

待機の時間、みんなは教室中に散らばった教科書やらバッグやら、自分たちのものを探し合った。俺はその間、ずっとクラスの連中に白い目で見られていたが、いじめの首謀者たちだけでなく、傍観者にも言いたかったことを言えた満足感があった。かつての自分と同様に安全圏に逃げ込んでいる〝平和な平民〟たちにこそ言ってやりたかったのだ。被害者を追いつめるのは加害者だけではなく、おまえらだと……。俺は内心晴れ晴れとした気持ちで、迎えにきた母さんと共に下校した。

家に帰る途中、母さんはド直球に尋ねてきた。

「颯太、いじめられてるの？」

最近の俺の様子を心配しているのはわかっていたが、友達とのケンカとかじゃなく、いじめという言葉が出てきて戸惑った。

「……なんで？」

「教室の窓が割られるなんて……学校が荒れてるってことじゃない」

「別に、なんにもないよ」

「クラブも行ってないでしょ」

バレていた。まあ、洗濯物がないからわかるよなと思いつつ、本当のことは言えなかった。心配をかけたくない気持ちもあったが、やっぱり話してもしょうがないと思ったのだ。

無言の俺に、母さんは明るく言った。

「なんかあったらちゃんと言いなさいよ。あたしもお父さんもついてるんだから」

きっと、本当はもっと俺に悩みを相談して欲しいと思っているはずだ。そういう顔をしていた。母の気持ちと、それ以上問い詰めない優しさには、素直に感謝しよう。

自宅待機という展開になるとは思わなかったが、ともかくも咲良を学校から遠ざける作戦は成功した。朝、もしあのまま咲良が登校していたら、きっと教室破壊の犯人としてみんなにリンチに遭っていただろう。彼女を隔離する強硬手段に出たのは間違っていなかった。

ということは……ついにやった。初めて正夢の回避に成功したのだ。

帰宅して母さんと昼食を食べたあと、俺は大の字になって部屋のベッドにダイブした。そして、ひとり達成感に酔いしれた。今日は下校時刻まで外に出てはいけないことになっているので、明日にでも優也に報告に行こう。きっと驚くに違いない。アカシックレコードを打ち破ったのだから。

しかし――唐突にきた航からのメッセージを見た俺は、

「しまった！」

と声に出して飛び起きた。


自転車で上り坂を全力疾走するのは、想像以上にキツかった。だが、坂を越えてからの距離を考えると仕方ない。「ちょっと、どこ行くの？」という母さんの声に答えもせず、部屋着のまま家を飛び出してきた俺の頭の中は、航からのメッセージに支配されていた。

『藤村が河合たちに連れ出されたみたい。八幡《はちまん》神社に集まれってＬＩＮＥきた』

どんな手を使ったのかは不明だが、やつらは咲良を呼び出して神社に連行したのだ。学校という、いじめの舞台から引き離せたと思ったら、今度は場外に持ち込んだというわけか。

八幡神社は、岬の灯台の近く、咲良の家からそう遠くない場所にある。小さな神社で、普段から人気《ひとけ》は少ない。境内の裏などは集団で取り囲むには格好の場所だ。

頼む！　間に合ってくれ。そう思いながらペダルを踏みこんだ。

境内の手前で自転車を乗り捨てて見回したが、神社内にはいない。やはり境内裏だろう。

鬱蒼《うっそう》とした林をさらに進んだところに少し開けた空き地がある。遠目にもそこに人が群がっているのが確認できた。

ゆっくりと近づいて茂みから窺うと、私服姿の咲良を河合たちが囲み、その様子を小島はじめクラスの男女が見守っている。みんな一旦は帰宅したので、私服の者と制服姿が入り混じっていた。咲良はTシャツにショートパンツというラフな格好だ。

「だから、うちらのことなんか話したかって聞いてんの」

河合が咲良のあごをつかんで凄《すご》んでいる。

そうか、河合たちは、近野先生が「いじめのことは藤村さんにもちゃんと聞いて調べる」と言ったことで、取り調べを受けた咲良によって、自分たちの行いが明るみにされるのを恐れているのだ。

「教室壊したの、おまえなんだろ！」

横で見守る小島も口を出す。

「なんか言えよ！」

「黙ってちゃわかんねーし」

河合の取り巻きたちが咲良を小突く。

それでも彼女は無言だ。例によって抵抗しようとしない。

「聞いてんのかよ！」

とうとう突き飛ばされ、咲良は地面に両手をついた。

「調子こいてんな！」

河合は、倒れた咲良を蹴った。

「なあ、おい！」

そのまま動かない咲良を何度も蹴る。俺はもう我慢できなかった。

「やめろ！」

飛び出して、河合の方に向かっていったが、手前で小島に遮られた。

「お？　カレシが助けに来ましたよって？」

俺の登場がよほど面白かったらしく、嬉しそうに笑っている。

構わず咲良に駆け寄ろうとすると、腕をつかまれ引き戻された。

「無視すんな！」

小島は俺を突き飛ばし、倒れ込んだところを蹴り上げる。

群集心理というやつか。河合が咲良に乱暴するのを見た取り巻きたちは、それが許されると思い込んでしまう。人がやっているのを見て、自分もそれに続く。そして、一旦はじまった暴力は歯止めがきかない。

気づけば、河合たちが咲良を、小島たちが俺を、それぞれ取り囲んで暴行していた。航や大和など、仕方なく呼び出しに応じてここに来た者たちは成す術なく、その様子を眺めている。

俺は、腹や背中を蹴られながら咲良の方を見た。うずくまった咲良はされるがままだ。蹴られ、髪をつかまれ、ひっぱたかれる。そう、その姿は夢に出てきた光景だ。

ちくしょう！　やっぱり、どうあっても、なにをしても、夢を変えることはできないのか――。

こうなったら戦うしかない！

「うわああ」

俺は叫びながら反撃した。目の前にいるやつを蹴って転がし、辺り構わず腕をぶんぶん振り回した。

「うお、やべ、反抗しだした」

「ふざけんなこいつ」

小島たちは少しひるんだものの、すぐにみんなで俺を押さえ込んで、さらなる暴行を加える。俺は踏みつけられながら咲良に叫んだ。

「咲良！　なにやってんだよ！　戦えよ！」

一瞬、彼女が俺の方を見る。

「動け！　やり返せよ！」

ついに咲良も起き上がり、河合の腕をつかんで取り巻きに投げつけた。

「きゃあっ」

将棋倒しのように倒れる女子たち。見えたのはそこまでだ。そのあとは、俺は無我夢中で小島につかみかかっていた。

「うわっ」

小島は強い。簡単に倒せるような相手じゃない。でも、そのときやつは咲良に倒された女子たちの悲鳴に気を取られていた。面食らった小島が慌ててのけぞる。そして大きく振った俺の手は、丁度小島の鼻っ柱にヒットした。

「がっ」

小島は鼻を押さえてすっ飛んだ。俺は既に殴られすぎて視界がぼんやりしていたが、周りの連中は大将がやられたことに唖然としているようだった。

そのとき、飛び込んできた誰かが俺の手をつかんで引き起こし、走り出した。

俺を引っ張りながら全力疾走するそのうしろ姿は、咲良だった。背後で、「捕まえろ！」という小島の声が聞こえた。

森を駆けてきた俺たちは、灯台を越え、岬に広がる溶岩群の岩のひとつに逃げ込んだ。

しゃがみ込んで、はあはあ息を切らしながら顔を見合わせる。お互い、リンチを受けてひどい顔だ。ショートパンツでむきだしだった咲良の膝はすりむけ、血が滲《にじ》んでいた。

「大丈夫？」

と聞くと、彼女はこくりと頷いた。

そこに逃亡者を捜す者たちの声が聞こえてくる。

「どっちだよ？」

「そっち行ったんじゃね」

俺たちは岩陰で身を寄せ合い、息を殺した。こんな状況でも、ぴったりくっついた咲良の体の、ほのかな熱を感じて緊張してしまう自分がいた。

追手の気配が間近に感じられたとき、向こうで聞き慣れた声が聞こえた。

「野口あっちに行った！　なんか先生に電話してたみたい」

「マジで！　やべえ！」

そうして、追跡者たちの声は遠くに消えていった。ウソの情報を流したのは航だ。やつにしては抜群の機転の利かせ方だ。夢中で飛び出してきた俺は、スマホなど持ってきていない。心の中で、航に感謝した。

辺りに人の気配がなくなっても、俺たちはなかなか動けなかった。体中が痛かったのと、小島たちが完全にいなくなったと思えるまで安心できなかったからだ。

日が陰り、空が薄く夕日に照らされ出す頃になって、辺りを窺うようにしてようやく岩の陰から立ち上がった。

咲良はそのまま柵の方まで進んで行く。俺は咲良に続き、二人並んで、断崖の向こうに広がる海に臨んだ。

会話もなく、お互いの顔も見ることなく、ただ夕景の水平線を見つめ、波の音を聞いた。なにも話さずとも、たぶん、二人とも考えていること、いや、感じていることは同じだったと思う。自分の中に押し込めていた感情を解き放ち、体の中の悪いものを吐き出した気分。俺たちは初めて相手に反撃したのだ。リンチは行われたが、もし回避していたとしたら、この感覚は得られなかっただろう。

柵の前に立つ咲良は、だいぶ伸びてきた髪をなびかせて、いつまでも暮れゆく海の向こうを眺めている。あのとき……俺の手を取って逃げてくれたときの感触は、今もまだ手の平に残っている。ありがとうと言いたかった。あのままいたら、反抗したとしても、二人とも打ちのめされて終わっていたはずだ。

俺は、その場に座ってそばにある隆起した溶岩にもたれ、群青色に染まった宵の空を仰いだ。

これまで味わったことがない、清々《すがすが》しい気持ちだった――。

バッドエンド

夜の断崖に立つ咲良のうしろ姿。

振り返ったその顔は、月明かりの陰になっていて表情が読み取れない。

「気がついたときにはもう遅いってこと、思い知らせてあげる……」

そう言った咲良の、逆光となった暗い口元が、うっすらと笑みを浮かべるのが見えた——。


俺は目を開けた。見慣れない部屋……いや、見たことはあるが自分の部屋ではない。

ここは——優也の部屋だ。

窓の外は真っ暗だ。ということは今は夜か？

「目、覚めた？」

優也がそばにいた。俺ははっとして身を起こした。

「いててて」

　体中に激痛が走る。そうだ、俺は咲良と共にリンチに遭ったんだ。蹴られ、殴られ、満身創痍《そうい》といっていい。殴られた口元がまだヒリヒリしている。

「俺、なんでここに？」

「ボロボロの状態でさっきうちに来て、そのまま倒れ込んだんだよ。なにがあった？」

　見ると、横に洗面器と濡れたタオルがあった。きっと優也が俺の汚れを拭ってくれたのだろう。

「今何時？」

「七時過ぎだよ」

　つまり俺は、リンチから逃げて咲良と夕景を眺めたあとは、彼女と別れてそのまま優也の家に来たのだろうか。この状況は、そうとしか考えられなかった。

「いったいなにがあったんだよ？」

　優也は再び尋ねた。

「リンチに遭ったんだ。咲良と一緒に」

　俺は、昨日の夜から一転して、どん底に突き落とされた今朝の夢にはじまり、強硬手段に訴えたこと、リンチに至った過程を説明した。そして、咲良が手を取って逃げてくれたことも。

「ひどい目に遭ったけど、俺たちは自分に勝ったんだよ。ほんと、あの咲良がついにやり返したんだから」

興奮気味に話す俺の話を、優也は満足げに聞いていた。

「彼女の方も怪我とかは大丈夫なの？」

「お互い傷だらけにはされたよ。でも、大きな怪我はしてない」

「そっか。じゃあ、結果論として、またうまくいったんだね」

「いじめが解決したわけじゃないけどね。なにかは変えられたと思う。咲良の気持ちは……」

と言って、俺は先ほど見た不穏な夢を思い出した。

「でも、さっきヘンな夢を見た。咲良が岬に立ってて、なんか怖いこと言ったんだ」

「怖いこと？」

「もう遅いとか……思い知らせる、とかなんとか」

優也の顔色が変わる。

「咲良は岬に立ってるのか？　その夢の続きは？」

「いや、そこで目が覚めたから」

優也は急に立ち上がった。

「彼女、死ぬ気だ！」

現実感のない、唐突な言葉に、「え？」と言う間もなく、優也は出かける体勢をとった。

「岬に行こう」

「これから？」

「今すぐ！」

優也は俺を立ち上がらせ、玄関に向かう。

「死ぬってなんだよ。咲良がまだ岬にいるワケないだろ」

いぶかる俺の腕を優也は引っ張った。

「いいから来い！」

暗い山道を、優也と一緒に走りながら、そういえば自転車を神社に置き忘れたなと思い出していた。

優也は必死で走っているものの、元々運動が苦手なので苦しそうだ。

「俺は遅いから。先に行って！　咲良を助けて」

と俺を促す。その尋常ではない表情と口調から、優也が冗談を言ってるわけじゃないことが伝わってくる。

俺は、優也を抜き去り、痛む体に鞭《むち》打って加速した。街道から小道に入り、灯台のある森を抜け、溶岩の岩場に飛び出して立ち止まった。

目を凝らして辺りを窺うと、岬の先端にいる咲良が見えた。夕方、俺たちが立っていたのと同じ場所だ。しかし、彼女は柵を乗り越えて断崖の突端に立っている。優也の言った「彼女、死ぬ気だ！」という言葉が頭をよぎった。

「咲良！」

駆け寄った俺に、咲良はゆっくりと振り返った。月明かりの逆光となったそのシルエットは、先ほど見た夢と同じだ。

「気がついたときにはもう遅いってこと、思い知らせてあげる……」

夢で聞いたセリフ。だが今はその意味を考えている場合じゃない。

「なにやってんだよ。危ないだろ」

「それ以上、来ないで」

咲良に制されて、俺は柵の手前で立ち止まった。

「どうしたんだよ？　今日はうまくやったじゃん。俺たち頑張ったじゃん」

「あなたがいかに無力かってことをわからせてあげる」

そう言って微笑を浮かべる咲良。

「なに言ってんだか、わかんないよ」

咲良はそのまま、俺に背を向け、足を前に踏み出した。

「やめろ！」

俺は柵を飛び越えて、咲良に飛びつく。しかし、それよりも早く、咲良の体はふわりと崖の向こうに跳んだ。

「待っ……！」

腕を伸ばしても無駄だった。手の平は空をつかみ、咲良の姿はあっという間に視界から消える。そのまま俺は断崖に縋《すが》って下を見下ろした。

二十メートルはあろう崖の下、月に照らされた白波が立つ真っ黒な海面に咲良は落ちていき、見えなくなった。そのあとは岩礁に激しく打ちつける波があるだけで、彼女の体が浮き上がることはなかった。

「そんな……」

意味がわからなかった。これまで必死に正夢と戦ってきた。数々のいじめを回避するため、試行錯誤を重ねてきた。それもこれも咲良を守るためだ。そして、いじめの事実は変えられなかったとしても、彼女の心は救ってきたはずだ。うまくいってたはずだ。それなのに……。

がっくりとその場に膝をついたまま、俺は動けなかった。ただただ、崖下の荒波を見つめていた——。

咲良と優也

岩崎優也は灯台の麓に立っていた。昼間でも薄暗い鬱蒼とした森の中に、すっくと立つ塔は、船にサインを送るというよりも、さながら森を鎮守しているかのようにみえる。辺りはまだ寒く、春の訪れはもう少し先に感じられた。

四月になって、学年は進級したが、とても自分が成長しているようには思えない。身長もしかり、心もしかり。気分は暗く淀んでいる。いったい自分は生まれてきてなにをやっているんだろう。そもそもなんで生まれてきたんだろう。自分よりずっと長く生きているこの灯台や森の方が、はるかにそこにいる意味がある気がした。

灯台のてっぺんには展望台が設置されている。自由に入ることができたが、エレベーターはなく、階段を使わなければならない。

七階建ての建物に相当する七十段もの階段を上り、ようやく展望室に入った優也は、周囲を見渡しビクリとした。先客がいたからだ。向こうも人の気配に振り返る。ブレザーの制服を着た、長い髪の女の子だ。ここにはたまにカップルが忍び込んでいることがある。優也は男の姿を探したが、見当たらない。やっぱり彼女ひとりのようだ。

こんな時間に？ と優也は不思議に思った。今はまだ午前九時だ。自分は学校に行かずに、つまりサボってここに来ている。うちの女子はセーラー服なので、同じ学校ではない。身長も高いし、女子高生だろうか？ 創立記念日などで休みなのかもしれない。それにしても友達と一緒でもなく、彼氏も伴わず、平日のこんな朝早くに制服姿でひとり灯台の展望室にいるシチュエーションは、どうにも想像がつかなかった。

彼女は少し警戒したようだったが、たぶん、優也がひとりだったことと、その容姿から、危険はないと判断したのだろう。すぐに窓に向き直った。

中学二年になったばかりの優也は、同じ年齢の生徒と比べて背も低く、顔も幼い。ヘタをすると小学生のように見える。学生服を着ているので、かろうじて中学生だと判《わか》るが、女子高生から見たらまだ子供だ。きっとそう思われている。優也の方もそう捉えて、あまり彼女のことを気にせず窓の方に行き、少し離れて一緒に外の景色を眺める格好となった。

自分の居場所、生きている意味……ただ時間をつぶしに来たのではなく、ひとりになってそうしたことを考えたかった優也は、やはり傍らに他人がいると落ち着かなかった。そのうちいなくなるだろうと思っていたが、一向に立ち去る気配がない。向こうも優也がすぐにいなくなると考えているのだろうか。互いに無言で窓の外を見続けている。

とうとう彼女の方から声をかけてきた。

「中学生？」

「あ、はい」

優也は少し緊張して答えた。

「あたしも。中二」

優也は驚いた。てっきり高校生かと思ったら、彼女も中学生で、しかも同学年だ。それから、ぽつりぽつりと、互いの学校名や所在地などを尋ね合った。彼女は隣の学区で同じ公立中学だが、はずれに住んでいるので、この灯台は割と近いのだそうだ。優也の学校からしても灯台は町のはずれにあたるので、ここは、いわば双方の中間地点に位置することになる。

「今日は休み？」

と尋ねられ、優也は返答に困った。だが同じ学校でもないし、話していて不思議と安心感があったので、正直に答えることにした。

「実は……サボりなんだ」

「へえ」と言って彼女は笑顔を作った。「じゃあ、あたしと一緒だ」

お互い声に出して笑った。

「名前、訊いてもいい？」

「岩崎……優也」

「あたしは藤村咲良」

最初の、二人の出会いだった。

優也も咲良も携帯電話は持っていない。だから連絡先を交換することもなく、その日は「じゃあ、またどっかで会えたらね」と別れた。

二度目に優也が咲良と遭遇したのは、それから数日後だった。同じく灯台の展望室で、今度は夕方に、優也がいるところに咲良が現れた。

「あ……」

振り返った優也は声を上げた。再び彼女と会ったから、ではない。いや、それもあったが、その長かった髪がぎざぎざに切られ、まるで散切り頭のようになっていたからだ。

咲良の方も、優也がいると思わなかったのだろう。目が合った途端、無様な前髪を手で隠し、その場から逃げだした。

咄嗟に、優也は追いかけた。

長い階段を駆け下りて行く彼女のうしろ姿を見ながら、追いかけるべきじゃないかもしれないと思いつつ、追いかけてしまう。以前会ったときの、あの綺麗《きれい》な長い髪が思い出される。なにがあったのかはなんとなく想像できた。だからこそ、優也は追わざるを得なかった。

灯台を降りた咲良は、海の方に向かって行った。森を抜け、一面溶岩となっている岬をよろけながら走って行く。

断崖の手前にある柵に咲良が到達したとき、優也も丁度追いついた。柵に手をつき立ち止まった咲良の背後で、優也も足を止めた。

肩で息をしたまま、咲良は振り向かない。だが、優也はその肩が震えていることに気づいた。咲良は、泣いている――。

優也はそっと柵に進み出て、展望室のときと同じように、海に向かって咲良と並んだ。咲良の方を向かず、話しかけたりもせず、ただ一緒に水平線を眺めた。

「もう行こう」

辺りがすっかり暗くなったので、優也は咲良に言った。

咲良は頷き、優也に合わせて断崖を離れた。来た道を戻って森を歩いているときも、優也は咲良になにがあったか訊かないし、彼女もなにも話さない。でも、もう咲良は泣いていなかった。

森から街道に出たところで、咲良は優也の方を向いた。お互いの家の方向からいって、ここがわかれ道だ。

「ありがとう……」

感謝されることなどなにもしていないのに、と優也は思った。だが、まだ一緒にいたい気持ちが次の返事に顕《あらわ》れていた。

「今度はいつここに来る？」

そこには、「いつ一緒にここに来ようか？」というニュアンスが込められていた。

咲良は前髪に手をあてながら優也を見つめ、

「明日」

と、少しいたずらっぽい笑顔を見せた。

翌日の放課後、優也は急いで灯台に向かった。例の七階建てぶんの階段を上り、展望室に行ったが、中には誰もおらず、すぐに降りて今度は岬に向かった。

しかし、そこにも咲良はいなかった。荒涼とした岩場の上に強い風がびゅうびゅう吹いているだけだ。優也は肩を落として、溶岩のひとつに腰を下ろした。

二年生になって、優也へのいじめはエスカレートしていた。一年の終わり頃からはじまった無視や陰口は、イタズラ書きや物を投げつけられるなど、さらに直接的な行為へと発展した。新しいクラスメートの中に小島久仁夫という性質の悪い不良がいて、率先して優也への嫌がらせを扇動している。今日も、体育で試合に負けたのは優也のせいだとして、みんなの前で土下座させられた。

そんな日だったので、余計に誰かに会いたかった。仲のいい友達だったり、家族や先生がいればいいが、先生はまったく信用できなかったし、母子家庭の母親には心配かけたくなかった。そしてなにより、今の優也には相談できる友人がひとりもいない。

そう思ったとき、岬で出会った女の子の顔が頭に浮かんだ。学校をサボってひとりで灯台の展望室にいた、長かった黒髪を誰かに切り刻まれた少女。彼女にならすべて話せるかもしれないと感じたのだ。だが、今日またここに来ると言っていたはずなのに、いつまで経っても現れなかった。

仕方なく、ぼーっと海を眺めていると、

なかった。

「こんにちは」

と声がした。振り返ると、咲良が立っていた。波と風の音で背後に来るまで気付かなかった。

咲良の髪はきれいに切り揃えられて、ボーイッシュなショートカットになっている。はあはあ息を切らしている様子からすると、急いで走ってきたに違いない。

「もしかして、結構待ってた？」

優也は首を振った。本当は頷きたかったが、待ちわびていたことを悟られたくはなかった。

「髪をね、切るのに時間かかっちゃって」

なるほど、彼女は優也に会う前に美容院に行っていたのだ。それでこんなに遅くなったのだとわかった。逆に、それまでは今日いち日、昨日と同じ状態で過ごさねばならなかったことを優也は想像した。きっと辛《つら》かっただろう。

「すごくいいと思う」

優也は咲良の頭を見ながら言った。

咲良は短髪の前髪を指でとかしながら照れ臭そうに笑った。

「寒いから、灯台に行こうか？」

優也が言うと、咲良はうんざりした顔をした。

「今上がってきたばっかりだよ」

彼女もまずは展望室に行ってみたらしい。

「おあいこだよ。俺もそうだから」

と言う優也に咲良は笑顔を返した。


「あたしがいい気になってるって噂が発端だった……」

灯台で、咲良は自分の身に起きていることを告白した。

「あたしにはそんなつもりないのに、かわいこぶってるとか、男子に色目使って調子に乗ってるって言われて」

優也は理解した。咲良の髪が切られた原因は、親から虐待を受けているか、あるいは学校でいじめられてるか、どちらかと思っていたが、彼女もまた自分と同じ目に遭っていたのだ。咲良は優也から見ても大人びていて美しい。それに対する嫉妬から、同性に疎まれるのは想像できた。そして、たったそれだけのことがいじめに発展する。いじめというのはそんなものだ。

「驚いた？」

そう尋ねる咲良に、優也は「ううん」と言って、自分の鞄の中から、教科書やノートを取り出して見せた。そこには「ウザい」とか「死ね！」といった落書きがたくさん書かれている。

咲良は、少し驚いて優也を見た。多少は勘づいていたのだろうが、実際にいじめの実態を見せられた衝撃は隠せないようだった。

優也は笑ってこう言った。

「俺たちは、悪くないよ」

それから二人はお互いのことを色々と告白し合った。優也の親は離婚して母子家庭、逆に咲良の方は母親が死んで父親だけの生活。共にひとりっ子で貧乏。親は優しく、だからこそ心配をかけたくない。そして、学校で孤立している。という共通の境遇によって、優也と咲良は意気投合した。

「あたしさ、元々女の子の集団ってニガテなんだ。ご飯食べるのもトイレに行くのもいっつもみんなでとかさ。必ず誰かの悪口になるし。くだらないって思っちゃう」

「学校ってひとりでいるだけで差別の対象になっちゃうもんだからね。きっと会社とか大人の世界でも同じなんだろうけど」

「じゃあ、あたしたち二人でいれば大丈夫じゃない？　ひとりじゃないんだから」

と言って笑う二人は、普通の中学生より大人びている点でも一致していた。

そうして、毎日岬で会うようになった咲良と優也は、その日起きたいじめの内容を話し、互いに励まし合った。手をつないで岩の上に座り、海を眺めた。

「俺たち、いつかこの状況を抜け出せるかな？」

「きっと大丈夫だよ」

立ち上がった咲良は、筆箱からマジックペンを取り出し、目の前の柵に文字を書いた。

『二人が幸せになれますように』

逆転

今、目に浮かんだものはなんだ？

俺は、動けないまま、咲良が沈んだ真っ暗な海を見下ろしていた。

そこに、岬での咲良と優也の日々が一瞬で頭の中に入ってきたのだ。あんな咲良は見たことがない。森の中で佇《たたず》んでいたときとも違う、優也と話しているときの彼女は無防備で、安心しきった優しい顔をしていた。そしてそれが本来の彼女の姿なのだと悟った。転校してきて以来、俺が見てきた咲良は冷たく醒めた表情で常に張りつめていたが、それは必死で感情にストッパーをかけていたからなのだ。それが優也の前ではまるですべてをさらけ出しているようだった。二人はつき合っていたのか？　優也は、初めから咲良のことを知っていたのか？　思考が追い付かないまま、その場に固まっていた。

「俺の記憶とシンクロしたんだ」

ようやく岬に着き、横に現れた優也が言った。

「優也の記憶?」

「俺が咲良と過ごした記憶さ」

優也の頭の中を、見せられたのか……。

「咲良のこと……最初から知ってたの?」

「ごめん。隠してたのは、颯太に咲良のことを救って欲しかったからなんだ。俺にはもうそれができないから」

優也も膝をついて断崖を見下ろした。

ついさっきの光景が甦る。その咲良はもういない。この絶壁から飛び降りて、水中に没してしまったのだ。

俺は優也に縋った。

「でも……でも、無理だった。助けられなかった」

涙が出てきた。優也に励まされ、一生懸命やってきた。彼女も少しずつ変わっていた。俺と向き合ってくれていた。それなのに……。

するとと優也が、静かに言った。

「……まだ間に合う」

俺は驚いて優也を見た。

「え?」

「まだ彼女を助けられる」

「どうやって助けるってんだよ!」

涙交じりで叫ぶ俺の顔を、優也は見つめ返した。

「だって、これは夢だからさ」

俺は再び「え?」と訊き返した。

「颯太は今、夢をみている最中なんだよ」

意味がわからないでいる俺に、優也は続けた。

「夢と現実が逆転してるんだ。今まで毎日起きていたことは、夢の中で、前の日に起こったことを反芻《はんすう》しているだけだ。既に起こった出来事を夢でもう一度体験するから、正夢を見ていると勘違いする」

「ちょっと待ってくれよ。夢と現実が逆?」

「そう、現実でもちゃんと颯太は咲良を助けようと努力してた。でも夢の中では、現実でいじめを止めようとした行動は、正夢を防ごうとした行動に置き換えられている。どんなに頑張っても事実が変わらなかったのはそのためだ。すべては現実で起こったことを夢の中で見たと錯覚して、繰り返しているだけなんだ」

正夢がウソ？　正夢を見たと勘違いしていただけだって？　頭がこんがらがりそうだ。いや、もうこんがらがっている。

俺は、今までの色んな出来事を思い返した。咲良が転校してきたのも、数々の嫌がらせも、キスも教室破壊もリンチも……一度起こったことを夢でもう一度見ていただけだったのか。その夢の中で、俺は、それが正夢だと思い込んで、ただ足掻《あが》いていたのか——。

「リンチがあったのも……昨日のこと……？」

「今日の夢だけは昨日のことじゃない。実際のリンチのあと、岬で横たわってから見た夢だよ」

この長い一日が一瞬の夢だとは——。だがおかしい。朝、咲良の家に行ったのはリンチの夢を見たからだ。優也の言う現実では、まだなにも起こってないのだから、止めに行く必要はないはずだ。

「今日？　リンチが起きる夢を見たから俺は咲良を止めに行ったんだ」

「咲良の家に行ったのは、朝練中の西川航から、教室が壊されてて咲良が犯人と思われてる、という連絡を受けたからだ。その後にリンチを受けたことで混同されてる。

夢の中では実際に起きたことの解釈が変えられたりするからね。正夢についてネットで調べたのも、現実の颯太が、夢の中にまで咲良が出てくるので、気になって〝夢〟に関することを調べたからだ」

さらに優也は、驚くべきことを口にした。

「そういう風に、夢は起こったことの記憶に対して、不安や後悔、希望、願望が加わって、事実を変えてしまうことがある。その最たるものが俺が生きてることだ。現実の俺は……もう死んでるんだ」

「なんだって？」

ばかな、優也が死んでいる？　そんなはずはない。今、目の前にいるじゃないか。家に引きこもっていて、俺の相談に乗ってくれたんだ。一度裏切った俺を許してくれたんだ。

「優也は……死んでないだろ？　だって、こうやって生きてるじゃんか！」

「颯太は毎日、夢の中で俺に会いに来てたんだよ。だから、現実である予知夢に俺は一切出てこない」

確かに、予知夢の中に優也が出てきたことは一度もない——。出てくるのは、俺が相談に行ったときだけだ。

「俺にはもう咲良を助けられないって言ったのはそういう意味だよ。彼女とは、お互いを助けて励まし合っていた。なのに、俺は自殺してしまったんだ」

「うそだ……」

俺は呻《うめ》いた。

「人は強烈な体験をすると、それが夢に出てくる。その夢の中で颯太は、俺が自殺した事実を、夢であって欲しいと願った。それが、本物の机の花を葬式ごっこにしてしまった。葬式ごっこの方が現実で、俺が自殺したのは夢だと思い込んだ。そこから夢と現実の逆転現象が起きたんだ」

記憶の中で、イタズラの花が、本物の供花に変わっていく。生徒たちはみな黙りこくり、先生も朝礼で岩崎優也の名前を口にすることはない。学校の中で優也の話はタブー視され、誰も触れなくなった。母さんが妙に明るく振る舞って心配の言葉をかけていたのも、優也のことがあったからだ……。

最初の航からの『岩崎が自殺したって』というメッセージは、夢じゃなかったのだ。すべてのはじまりはそこからだった。

そろそろ学校に来ないかと尋ねたとき、優也は「ムリだよ」と答えた。無理なのだ。死んでいるのだから、もう学校に行くことはできないんだ――。

だが、逆転した夢の中では、優也はこうして生きている。では彼は、俺が勝手に作り出した、想像上の優也なのか？　優也ならこう言うだろうとか、こうするだとかをイメージしていただけなのか。

「俺は今、夢の中で優也のことを想像してるだけなの……？」

「想像してるだけの存在なら、こんな説明はできないよ」

と優也は笑った。

「じゃあ……幽霊みたいなもの？」

「夢の中だから、幽霊とも違うだろうね。俺がいる場所に、颯太の方からやってきた。そんなところかな」

優也はすべてを知りながら、毎日俺の話を聞き、アドバイスをくれた。初めから逆転現象のことをわざと話さなかったということになる。

「夢だとわかってて、なんで……」

「颯太が俺に会いに来てくれたからさ。それが嬉しかった。それに俺は咲良のことも、颯太のこともよく知っている。だから、颯太に力を貸さなきゃならないと思ったんだ。そして、一緒に咲良を助けたいと思った」

優也は真剣な目を向けた。

「わかったかい？　俺が死んだのを生きていると変えてしまったのと同じように、咲良が飛び降りたと思っているのは、飛び降りてしまうかもという不安からきたものだ。実際にはまだ飛び降りていない」

「咲良は、死んでないのか！」

　優也は深く頷いた。

「リンチのあと、岬で横になった颯太は今、疲労感と安堵で夢うつつの状態だ。夢と現実を行き来している。リンチを回避しようとする夢を見たり、現実の咲良の言った言葉に不安を覚えて、彼女が飛び降りてしまった夢を見ている。だからまだ間に合う。今すぐちゃんと目を覚まして咲良を助けるんだ」

　咲良が生きている……。しかし、死んでいる優也はどうなる？

「目を覚ましたら……優也は？」

「俺は、そこにはいない」

「そんな……」

　そんなのは嫌だ。全部を否定したかった。咲良が飛び降りることも、優也が死んでることも、今、自分が夢の中にいるということも。

「俺が頑張れたのは優也がいたからだ。本当に死んでるなんて……。咲良を救ってきたのは夢でそう思い込んでいただけなんて……」

「違う！」優也はきっぱりと否定した。「夢の中だけじゃなく、颯太が彼女を少しずつ変えてきたのは事実だ。下駄箱にボタンを戻してくれたのも、笑ってくれたのも、リンチのときに手を引いてくれたのも、すべて現実でも起こったことだ」

そして、俺の両肩を力強くつかんだ。

「だから、目を覚ませ！　今度こそ、本当の現実で彼女を救え！」

再起

はっと目を開いた。見えるのは、青白く光る月だ。

俺は、岬の岩にもたれている。

日が落ちたばかりの空は、夕日の名残《なごり》が少しだけ反映されて紫色に染まっていた。

耳の奥で、「目を覚ませ」と叫んだ優也の声がまだ響いている。

俺は上体を起こし、優也を探した。だが、どこにもその姿は見当たらない。たった今、横にいたはずなのに……優也はもういなかった。

体中が痛い。頭が重い。この疲労感は、さっきまでのものと違う。咲良と一緒にフラフラになって岬に逃げてきたときのものだ。優也によれば、リンチを止めようと足掻いた長い一日は、実際にリンチが起こったあとに、今ここで見た夢だという。そして夢うつつの中、「気がついたときにはもう遅いってこと、思い知らせてあげる……」という咲良の言葉を聞き、再び俺は、今まで現実だと思ってきた〝夢〟の世界に入ったのだ。そこで咲良を失った俺に、優也は「目を覚ませ」と言った。今ようやく、その実感が湧いてきた。元の感覚が戻ってきた……。

俺は、本当に〝夢〟から覚めた――。


立ち上がって前を見ると――柵の向こうに咲良がいた。

月明かりの下、岬の突端に、海に背を向けて立っている。夢、つまり現実で見たままの、冷たい眼差しだった。だが、その姿を見て涙が込み上げてきた。冷たくたって構わない。そこにいてくれるだけでいいと思った。正夢、つまり夢の中で、海に向かって飛んだ咲良――。手を伸ばしても届かなかった。あっという間に目の前から消えた、あの咲良がそこにいる。

やはり海に飛び込むつもりなんだろうか？

同時に俺は、その冷たい視線を受けながら思い出した。優也にも訊き忘れた大事なことを。なぜ咲良は俺に「気づいたときにはもう遅い」と言ったのか？　なにを「思い知らせてあげる」のか？　いじめに耐えきれなくなったり、優也を失った衝動的な後追い自殺だとしても、そこにそのセリフは当てはまらない。いったいどんな理由で咲良は飛び降りようとしているのか。

だが、どんな理由であろうとも、今度こそは飛び込ませはしない。必ず止めてみせる。

「咲良！」

俺は柵に駆け寄った。

「来ないで！」

厳しい声で遮る咲良は、やはりなにかを訴えようとしている。

「どうしたんだよ？　せっかく逃げられたのに、なんでそんなとこに立ってんだよ」

「あなたは苦労してあたしをいじめから助けた。ううん、助けたと自分では思ってるでしょう？　でもそれは幻想。あたしはまったく救われてない。わざと救われたフリをしたの。そうすれば一層あなたの苦しみは増すから」

俺を苦しませようとするのはなぜだ？　理由はいったいなんだ？

じりりと後退する咲良に、俺は思わず叫んだ。

「待って！　夢の中で優也が教えてくれた。咲良のこと。咲良と優也のこと」

優也の名前が出て、咲良はピクリと震えた。

「俺の夢の中で、優也がずっと励ましてくれたんだ。咲良を助けろって」

「今さら、彼の夢を見てどうするの？」

「違う、いや、違わないけど、そういうんじゃないんだ」

うまく説明できない。確かに、夢に優也が出てきただけといえばそのとおりだ。だが、現実で優也が咲良の話をしたことなどなかった。さっきまでいた優也は、やっぱり想像の産物なんかじゃない、どこか特別なところに確かに存在する優也だ。

「夢だけど、本当だったんだ。咲良は……優也と結ばれてた」

咲良は顔をこわばらせた。

「優也も、咲良のことを心配してたよ」

一瞬、言葉に詰まった咲良は、沈んだ声で話し出した。

「あたしたちはお互い支え合ってた。そのはずだった……。でもそれは、あたしがそう思い込んでいただけだった」

「違う！　優也は絶対咲良に救われてたよ。優也も、それはわかってるって」

「彼はいじめがどんどんひどくなって苦しんでた。でも、そのときなんて言ったと思う？　俺には颯太っていう親友がいるから大丈夫って……」

今度は俺が固まった。優也がそんなことを咲良に言ってたなんて。中学になって俺が別な仲間の方にいき、話さなくなっても、優也はずっと俺のことを親友だと思ってくれていたのだ。それを、俺は……。

「なのにあなたは彼を裏切った。他のみんなと一緒になって優也をいじめたんだよ」

なにも言えない。言い返せない。俺は、周りに合わせて優也を無視し、みんなが優也を笑いものにしたら、一緒になって笑ったんだ。

「あたしの前では明るく振る舞ってたけど、優也は日に日に落ち込んでいった。途中まで励まし合って、うまくいってたのに……」

俺はごくりと息を飲んだ。優也を追いつめていったのは……その先は考えたくなかった。

「あたしは、最後の手段に出た。お父さんに転校のお願いをしたの。優也と同じ学校に行くために」

「転校してきたのは……優也を助けるため……」

「あたしがいれば、優也はひとりぼっちにはならない。でも……彼はそれまで持ってくれなかった」

冷たい目で淡々と話してきた咲良の口調がどんどん強くなっていく。

「転校が決まったときには、もう優也はいなかった。最後に信頼を裏切られて、彼はとうとう絶望したの」

ついに咲良は、俺が考えることを拒否した、その先の言葉を突きつけた。

「彼を自殺に追い込んだのは、野口颯太……。あなたが優也を殺したんだよ！」

容赦のない口調に打ちのめされる。優也の自殺の原因は……俺。周囲のいじめに耐え、咲良もいたはずなのに、俺がいじめる側に回ってしまったために優也は絶望した……。最後に自殺の背中を押したのは、この俺だったんだ。

「あたしは優也に救われてた。だから助けたかった。そう願ったのに死なれてしまった気持ちがわかる？　大切だった人を失った気持ちがわかる？」

咲良の目から、ぽろぽろと涙が落ちるのが見えた。一緒にいじめを乗り越えようと心を通わせていた二人。きっと恋愛を越えて結ばれていたに違いない。その相手を失った気持ちは、確かに当人以上にわかる者はいないだろう。

「わからないでしょう？　だったら、わからせてあげる」

そう言って咲良はうしろの海へとあとずさった。

「だめだ！　やめろ！」

「優也を救えなかったあたしと同じ思いをさせてあげる」

咲良の後退は止まらない。

待ってくれ。なんのために優也が目覚めさせてくれたんだ？　彼女を助けるためだ。

止めなきゃだめだ。

「咲良！」

俺は柵を越えて咲良に飛び掛かった。しかし間に合わない。彼女の体は次の瞬間、うしろ向きに海へと倒れていった。

「ああっ！」

また失敗するのか。せっかく目を覚ましたというのに、やっぱり俺は咲良を救えないのか……。

ふざけるな！　今度はそうはさせない。死なせるものか！

俺は崖からジャンプしていた。正面から彼女の体にぶつかり、しっかりと抱きしめた。だがそのときはもう空中だ。下に地面はない。俺たちはそのまま、はるか下の水面に向かって落下した。

急降下している最中、既に意識は遠のいていた。体に突き刺さるような風圧、封じられる呼吸、次いで頭から水面に激突した衝撃、水中に突入してどこまでも没していく感覚、それらはおぼろげに感じていたが、真っ暗な海の闇に吸い込まれるに従い、意識は完全に途切れた――。

夢

――ここはどこだ？　水中？　でもちゃんと息もできるし、真っ暗でもない。服も濡れていない。辺りは透明な、いや真っ青な空間だ。奥に向かってグラデーションがかかり、濃くなった青の向こうはほとんど黒になって見えない。暑くもなく、寒くもない。さっきまで体中が発信していた痛みも感じなかった。しんと静まり返った世界に、自分だけが宙に浮いているようだ。

俺しかいないのか？　他に誰もいないのか？　嫌だ。ひとりぼっちは嫌だ。

俺は、なにもない空間を彷徨《さまよ》った。

前方になにかが横たわっている。

近づいてみると、それが人であることがわかった。咲良だ。咲良がいる。

俺は駆け寄って膝をつき、その体を抱き起こした。

「咲良！　咲良！」

しかし、彼女は目を閉じたまま動かない。

「おい！　死んだらだめだ！　目を覚ませよ」

ふいに、聞き覚えのある声が聞こえた。

「気を失っているだけだよ」

振り向くと、そこには優也がいた。

夢から覚めると共に突然消えてしまった優也が、今、目の前にいる。

「優也！」

思わず叫んだ。その姿は、家で会っていた普段の優也だった。髪型も、格好も、彼の部屋にいたときと変わらない。俺は、自分がいつものように相談に来ていると錯覚しそうになった。

「しばらく寝かせておけば、そのうち目覚めるよ」

よく見ると、咲良はゆっくりと呼吸している。俺は安心して頷き、彼女をそのまま横たえた。

「ここは……？」

「俺にもよくわからない。とにかく、咲良が起きるのを待とう」

優也はその場に座り、二人で咲良を囲むように見守った。

眠っている彼女の顔を見て、ついさっき言われたことが頭に甦る。優也の自殺の原因は俺だったということが……。

「優也、俺は……」

「なに?」

「優也が自殺したのは……」

すると、優也は笑った。

「咲良が言ったこと? そうだね。間違ってはいない」

言葉が見つからなかった。謝って済む話じゃない。悔やんでも悔やみきれない、どうしようもなさだった。

「でも、もういいんだよ」

「だって……」

「颯太は率先して俺をいじめたわけじゃない。周りに合わせただけだ」

「俺は優也を裏切った……親友なんかじゃなかった……」

「いや、現実の颯太は俺の死を知っていたからこそ咲良を守ろうとした。誰もが忘れようとしている中で、颯太だけが俺のことを思い出してくれたんだよ」

優也は笑顔で言う。きっと俺の沈痛な様子を見て明るく振る舞ってくれているのだろう。思えば彼は、訪ねて行った俺を家に入れたときから、許してくれていたのだ。

だが……咲良はそうじゃない。

「咲良は、俺のことを許してはくれないよ」

そう言うと、優也はまた笑った。

「確かに。だいぶ頭に来てるみたいだね」

「みたいだねって……」

まるで他人事のように話す優也。だがそれは彼女のことを誰よりもよくわかっているからだろう。心配しなくても大丈夫だよと言っているように聞こえた。

「咲良が転入の手続きを済ませた矢先に、俺は死んだ。だからもう彼女は転校する意味がなくなってしまった……。ショックと怒りのやり場のなかった咲良は、その矛先を学校に向けたんだ。俺を死に追いやったクラスや颯太、全員を敵視したんだよ」

俺は、再び咲良を見つめた。

彼女がやってきた初日のことが思い出される。紹介の挨拶を求められても無視し、クラス中を睨みつけ、目が合った俺を「じろじろ見るなッ」と一喝したのだ。直前に先生が出欠をとった際、名前から俺のことを認識したに違いない。

「最初から咲良は俺のことを知ってたんだよな……。初めから、標的は俺だったんだ。

そんなことも知らずに、俺は咲良に近づいた」

「だからさ」優也は答える。「標的だったはずの颯太が、自分を守ろうとしてきた。優しくされて彼女は戸惑った。振り上げた拳をどうしていいかわからなくなってしまったんだ」

教室を破壊したとき、咲良は「優しくなんかするな！」と叫んでいた。それは、その苛立ちからくるものだったのか。

「岬に立ったとき、彼女は考えた。自分と同じように、助けたいと願った相手に死なれてしまったら、それが颯太にとって一番の苦しみになるはずだってね」

「咲良は俺に、思い知らせるって言ってた……。もう、十分思い知ったよ。優也を失った痛みも、咲良を失う怖さも」

優也は首を振った。

「でも俺にはわかる。咲良はそんなタイプじゃない。優しい子なんだ。颯太に復讐《ふくしゅう》なんてできやしない。学校でも、もっともっと反抗するつもりだったのに、その勢いがあったのは初日だけだろ？」

確かにそうだった。教師の制止を振り切って教室から飛び出て行ったりしたのは最初の日だけだ。あとは目立った行動は一切していない。

「崖から飛び降りたのは衝動的だ。素直に颯太の気持ちを受け入れたくないっていう、反抗心みたいなものさ。でないとそれまでの自分の行動を否定することになってしまうからね。でも本心は嬉しかったんだよ」

そうだろうか。あの咲良が、優也を死に至らしめた俺を、簡単に許すとは思えない。

そのとき、「うーん」と咲良が身を動かした。

「あ！」

「よかった。目が覚めたみたいだ。これでもう大丈夫だね」

そう言って優也は立ち上がり、俺は彼女のそばに寄り添った。

静かに目を開く咲良。徐々に意識がはっきりしてきたらしく、辺りを見回し、俺たち二人を見比べて、優也の姿にはっとなって起き上がった。

「優也……優也？」

目の前に優也がいるのが信じられない様子だ。無理もない。彼は死んだのだから。

俺でさえ、今こうしている実感がない。

「優也！」

立とうとしてふらつく咲良。俺は彼女を支えながら立ち上がらせた。

「来ちゃだめだ」

優也は、駆け寄ろうとする咲良を手で制した。

「来ちゃだめだよ。咲良」

咲良は、優也が言ってることが理解できないという顔をしている。

「ここはどこなの？　なんで二人が一緒にいるの？」

「颯太から、君が夜の岬に立っていると聞いたとき、その魂胆はすぐにわかった。でも、咲良には俺と同じ後悔はして欲しくない」

咲良は、自分が海に飛び込んだことを思い出したようだ。

「あたしは……優也のところに行きたかったの。また会いたかった。話をしたかった。だから……」

「それは、もっとずっとあとでいい」優也は咲良を遮った。「俺は咲良を失望させたことを心底悔いているんだ。自殺なんてするんじゃなかった。颯太は、俺に対する思いを完全に無くしてはいなかったんだ。でもそのときはそれに気づかなかった。だから、咲良には颯太の気持ちを無駄にしないで欲しい」

咲良は俺の方を見た。俺は恥ずかしくなり、思わず俯いてしまったが、その一瞬の目に冷たさはなかった。憎しみの色は感じられなかった。

それから優也は俺の方に向き直った。

「颯太、咲良のこと、頼むよ」

　俺ははっとした。

「どういう意味だよ?」

「颯太が咲良を救うことができたら、二人に会いに行くって言っただろ?　これで約束は果たした」

　優也はあとずさり始める。

「咲良、元気で……」

「え?」

「そろそろ俺は行くよ」

　咲良も、なにかを察知し、悲痛な声を上げた。

「行くって……どこに行くの?」

　優也は答えない。だが、もう俺にはわかっていた。わかっていたが、呼び止めた。

「優也!」

　だが次の言葉が出ない。後悔や懺悔《ざんげ》の気持ち……いろんな感情がこみ上げるなか、

「ありがとう」

　最後に出てきたのはこれだった。

優也は俺を見つめ返し、

「颯太は……ちゃんと俺の親友だったよ」

そう笑って、とうとう背を向けた。

「待って！」

咲良が叫ぶが、もう彼は振り返らない。

追いかけようとする咲良を、俺は腕をつかんで止めた。咲良は一瞬、俺を振り払おうとしたが、すぐに力を抜いて、それ以上動かなかった。きっと彼女も悟ったのだ。

追いかけてはいけないことを……。

「優也！」

咲良はもう一度叫んだ。

去って行く優也のうしろ姿はどんどん小さくなっていく。

そして、青い青い空間の、濃紺となった奥に消えた——。

浮上

真っ暗だ――。だが漆黒とも違う、限りなく闇に近い青い世界……。

周りを大小様々な大きさの泡が取り囲んでいる。

墜落した体はどこまでもどこまでも沈んでいき、ついには一旦停止した。

どのくらい静止していたのだろう。やがてその体は、ゆっくりと浮上を始める。

腕の中には、細くて柔らかい、もうひとつの体がある。あれだけの衝撃があったにもかかわらず、決して放すことはなかった。

大量の水泡と共に、俺たちは上昇していく。体中を締め付けていた圧力が徐々に軽くなっていき、闇のような世界はうっすらと光を含んでいく。

そしてとうとう、空気を遮断していた世界の天井を突き破った。

「ぶはあっ！」

ざばっと水面から浮上した俺は、停止の限界に達していた呼吸を開始し、あらん限りの空気を吸い込んだ。

「はあっ、はあっ」

口を大きく上空に向かって開き、見上げた空には、一面の星と共に月が輝いていた。

正面から抱きかかえた腕の中の咲良は、頭が俺の肩に乗っかっていて顔が見えない。

「咲良！」

体を起こしてやるが、そのままがくりとうしろに反ってしまい、自立しない。目も閉じたままだ。

「咲良！　咲良！」

体を揺すり、何度も呼びかけるが、反応はなかった。

月明かりに照らされた青白い顔は、まるで死んでいるかのようだ。

そんな……。せっかく助けたのに、このまま目を覚まさなかったら……。

「頼む！　目を開けてくれ！」

俺は焦った。岩礁の岸は目の前に見えている。だが、人を抱えて泳ぐには遠い。その時間はなかった。

「おいっ、目を覚ませよ！」

俺は彼女の頬をひっぱたいた。だがだめだ。ぐったりとして、ただ波に揺らされている。

「くそっ」

次の瞬間、俺は咲良の唇に口を押し付けていた。

保健の授業で習った手順を思い浮かべ、二回に分けて空気を送り込み、片手で背中を抱えながら、もう片方の手で胸を何度も押す。その作業を繰り返した。

一回……二回……三回……お願いだ、神様……彼女を助けてくれ。

そして四回目——。

「げほっ、げほっ」

咲良は文字通り息を吹き返し、水を吐き出した。

「咲良！　咲良！　よかった！」

しばらく咳《せ》き込んでいた咲良は、ようやくつかまる腕に力が戻り、俺の顔を見た。

「よかった！　死んじゃったかと思ったよ」

俺は水中で彼女を支えたまま、笑いかけた。だが、咲良は笑わなかった。息を切らしながら、ただ俺のことを見ている。

やっぱり、怒っている……。当たり前だ。俺は彼女の大切な人を奪った張本人なのだ。そう簡単に許してはくれない……。

そう感じて、俺も笑顔を消した。

「はあ、はあ、はあ」

まだ荒い呼吸が収まらないまま、俺たちは無言で夜の波間を漂った。咲良は俺の両肩に手を乗せて、しがみついている。まるで恋人たちがくっついているような格好だ。しかし、不思議とそこに恥ずかしさはなかった。それよりも、深い海の底から生還した喜びと、生の実感の方が勝っていた。

許してくれなくてもいい。こうして生きてくれてればいい……。

咲良はなおも俺の顔から目を離さない。じっとこっちを見つめている。なにを考えているのか読み取れない。だが、俺も彼女から視線を外せなかった。その吸い込まれそうな、きらきら光っている瞳に見入っていた。海水で濡れているだけなのか、涙ぐんでいるのかはわからない。でも、その目は月の光を反射して輝いていた。

それにしても顔が近い。鼻と鼻がくっつきそうな距離だ。いや、実際波に揺られるたびに何度もくっついている。

「！」

ふいに咲良は首をかしげるように近づけ、俺にキスをした。

俺はびっくりしたが、彼女がそうしているように、目を閉じた。

あったかかった――。体温のことではない。なにか人の温かさのようなものだ。既に一度、無理やりさせられているはずなのに、ついさっき、人工呼吸で口をくっつけたばかりなのに、それは、俺にとってまったくはじめての体験だった。

「ありがとう……」

唇を離した咲良は言った。そうして、手を俺から離し、

「もう大丈夫」

と自分で立ち泳ぎを始めた。

咲良は、波に揺られながら、目を閉じて上を見上げる。俺は、いつか森の中で、彼女が深呼吸するように空を仰いでいた姿を思い出した。そのときと同じように、その顔は清らかに見えた。

不思議な気がする。一か月ほど前に咲良が転校してきたときは、まだなにも彼女のことを知らなかったのに、今はこうして二人で水上に漂っている。もっとも、咲良の方は、優也に聞かされて以前から俺のことを知っていたのだろうが、それでもこんなことになろうとは夢にも思わなかったろう。彼女は、俺に復讐するつもりだったのだから。

海上に浮かんでいた俺たちは、どちらからともなく岸に向かって泳ぎ始めた。

さっきまで気絶していたとは思えないほど、咲良はすいすいと進んで行く。そういえば彼女は水泳の授業でも上手に泳いでいた。海の町で育ったとはいえ、元々運動神経もいいんだろう。そんなことを思いながら咲良のあとに続いた。

岩礁に近づくにつれ、俺は、咲良に体当たりして飛び込んだおかげで、この真下に落ちずに済んだのだなと思った。飛び掛かった勢いで沖の方に落下したのだ。もしこの岩礁付近に落ちていたら、命はなかったかもしれない。

岸に辿り着き、岩場に上がろうとしたときに、二人とも靴を履いていないことに気づいた。きっと落下の衝撃で脱げてしまったのだ。俺に至っては靴下まで一緒に消えている。

「靴、脱げちゃったみたい」

「俺もだよ」

ごつごつした岩の上に裸足《はだし》で上がるのはとても痛かったが、夏場にはよく経験していることだ。それよりも、こんなにびしょ濡れの姿で、裸足で家まで帰ることの方が困難に思われた。

俺は咲良の手を取って、ようやく平らな岩の上に行き、座り込んだ。彼女もさすがに疲れ切ったのか、俺に合わせて座った。おなかをめくってTシャツの水をぎゅーっと絞っている。俺はその白い肌と、シャツに浮き出た下着のラインに赤面して思わず目を逸らしてしまった。

風はなかったが、七月になるとはいえ夜は冷える。水に入っていたときの方が暖かく感じられた。なにしろ、二人はずぶ濡れなのだ。

「どうする？」

呼吸がようやく落ち着き、俺は咲良に尋ねた。

「家に帰る」

「こんなびしょびしょで？　しかも裸足で？　難民とかに思われるぜ」

咲良はくすりと笑った。

「お父さん、心配してるだろうから」

「たった今、海に飛び込んで死のうとしたやつの言うことかよ」

咲良はまた笑った。

「そうだね」

その笑顔は、どこか吹っ切れたようで、優しい。

そうして俺たちは、しばらくの間そのまま夜の水平線を眺めていた。

遠くでちらちらと瞬いている漁火《いさりび》が、きれいだった——。

颯太と咲良

起きたとき、胸騒ぎが止まらなかった。ビジュアルとしてはなにも残っていない。というより、今までのように映像で見た夢ではなかった。漠然と、咲良がいなくなってしまう感覚に襲われて目が覚めたのだ。家にいないとか、学校に来ていないとかではない。死んでしまうといったものでもない。とにかく、彼女がどこか遠くへ行ってしまう、消えてしまう恐怖だった……。

昨日、あれから岬を離れた俺たちは、神社に乗り捨てていた自転車を拾った。チャリがあってよかった。濡れた服のまま裸足で歩いて帰るよりずいぶんマシだ。

女の子をうしろに乗せて自転車を漕《こ》ぐのも初めてだった。「つかまって」と言ったとき、咲良は遠慮がちに俺の肩に両手を置いた。俺は恋愛ドラマとかにあるような、女の子が横向きに腰かけて自分の腰に手を回すのを想像したが、咲良は普通に荷台に跨《また》がって肩につかまった。ちょっとがっかりしたが、それでも、月明かりの下、木々に囲まれた山道を二人乗りで走るのは、なんだかファンタジックで気持ちがいいものだった。

アパートに着くと、自転車から降りた咲良はショートパンツのポケットを探り、鍵を出した。どうやら鍵は無事だったようだ。そして俺を振り返った。

「ありがとう……じゃあね」

「うん……」

もっとなにか言いたかったが、彼女はそっけなく階段をカンカン上って行く。そして、振り返ることもなく、奥へ消えた。俺は扉を開ける鍵の音、そして閉まる音まで聞いて、その場をあとにした。

家に帰ったときはもう九時近くだった。母さんと親父が血相を変えて出てきた。

「颯太！　どこに行ってたの？」

「大丈夫か？　濡れてるじゃないか」

「靴はどうしたの？」

「それ痣《あざ》か？　なにがあったんだ！」

畳みかけるように質問を浴びせ、二人は大そう心配してくれた。もう少しで学校や警察に連絡しようかと話していたところだったという。

「ごめんなさい。遊んでて、海に落っこっちゃって、靴もなくしちゃったから、怒られるかと思って」

咄嗟にすべてを理由づける言い訳はこれしか思いつかなかった。

遅い晩御飯を食べている間も、母さんたちは、俺がいじめに遭ってるんじゃないかと心配して訊いてくる。怒るよりも必要以上に気遣ってくれる二人に申し訳なく思いながら、俺は「心配しないで。そんなことないから」と、さらなる追及をかわして部屋に戻った。

『大丈夫？　無事か？』

スマホを見ると航からもメッセージがきていた。二人とも無事だから大丈夫と伝え、『岩場で助けてくれてありがとう』と書き込むと、

『アニヲタなめんな！　好きなアニメの中で使ってたテだよ』との返信。

めでたくアニメヲタクを見直し、ベッドに横になった俺は、両親や航たちに感謝しつつ、疲労の限界と共にいつの間にか深い眠りに落ちたのだった。

逆転していた夢と現実は元に戻っている。それは、最初に航が送ってきた、優也の

死を知らせるＬＩＮＥメッセージがあったこと、そして学校の臨時集会、葬儀への参列など、優也が死んだときの記憶を取り戻していることからも明白だ。

だが、今朝見た夢、いや、感じた不安感はなんなのか？　咲良を失ってしまう恐怖……。やっぱり俺の中で、咲良の危うさや儚《はかな》さのようなものが消えてないのかもしれない。もう彼女は大丈夫、という確信が持てない。俺を許してくれたのかという疑問も拭えていなかった。

この夢こそが正夢になってしまうんじゃないかと気が気じゃなく、まだ早朝だったが家を出た。

「颯太、あんた本当に大丈夫なのね？」

出がけに母さんが声をかけた。

「心配かけてごめん。でも、俺はちゃんとうまくやってるから」

母さんは頷き、「信用してるからね」と言った。

「行ってきます！」

足は、迷わず咲良の家に向けられていた。

俺が言った言葉は嘘《うそ》じゃない。うまくやっている。この一か月、頑張ってきた。少なくとも逃げたりはしていない。いじめられようが、トラブルが降りかかろうが、向き合ってきたんだ。頑張ってきたから、咲良は徐々に心を開いてくれた。だから、消えたりなんかしない。消えないでくれ――。

咲良のアパートに到着したとき、ギクリとした。丁度家から出てきた父親とばったり遭遇したのだ。スーツ姿で鞄を持っているので、仕事に行くところだろう。

俺はヤバいと思った。昨日、咲良は帰ったときになんて言ったんだろう。俺と同じように夜遅く帰宅し、体は傷だらけで、髪まで濡れていて、靴も履いていなかった彼女は、父親になんて言い訳したんだろう。まさか本当のことは言わないだろうが、一度会ったことのある俺の名前を出さないとも限らない。それによっては挨拶の言葉が変わってくる。すべて俺のせいにされている可能性もある。あるいは、咲良のことだからなにもしゃべらず、父親はそのことを俺に尋ねてくるかもしれない。

「あ、こ、こんにちは」

取り敢えず頭を下げた。

俺に気づいた父親は、血相を変えてずんずん近づいてくる。怖い。なにを言われるんだろう。

「昨日はありがとう」

　父親は深々と俺に頭を下げた。

「は、はい。あの、咲良……さんは？」

　どういう話になっているのかわからない。わからないときは訊いた方が勝ちだ。

「大丈夫みたい。海に落っこったんだって？　まったく、君が助けてくれなかったら危なかったって……本当にありがとう」

　驚いた。基本的に咲良は全部本当のことをしゃべっている。

「あ、いえ、大丈夫ならよかったです。心配で……」

「それでわざわざ？　ちょっと待ってね」

　彼は再び階段を上って行き、しばらくして戻ってくると、階段の上から制服姿の咲良がゆっくりと現れた。

　よかった――。咲良は消えたりしていない。

　父親は、下りてきた咲良と俺をにこにこしながら見比べた。

「じゃあ、仕事に行かなくちゃいけないから、先に失礼するよ。咲良をよろしくね」

　嬉しそうに俺に言う父親に、咲良は迷惑そうな顔をした。父親はそんなことは気にも留めず、彼女に「じゃあ」と声をかけて去って行く。

　小さく手だけを振った咲良がかわいらしかった。

残された俺は、目の前にいる咲良になんて言うべきか迷った。「元気？」なワケないし、「昨日はどうも」も違う。「うまい言い訳をありがとう」でもない。

咲良はもちろん笑顔で「おはよう」などと言ってきてはくれない。父親を見送った目線を、今度は俺に向けた。

じっと見つめるその顔には、昨日のリンチの痕が痛々しく残っている。

「心配で……来たんだ」

結局、正直にそのままを言った。

恐る恐る反応を窺う俺に、咲良は小さく微笑んだ。

ほっとした……。

そして彼女は、「待ってて」と言って鞄を取って戻ってくると、

「灯台に行かない？」

と俺を誘った。

神社を通り過ぎ、灯台へ向かう森の中、昨日、ここを俺の手を取って走った咲良の姿が思い出される。今またこうして一緒に歩いているのが奇妙だった。

「ケガ……大丈夫？」

絆創膏《ばんそうこう》が張られた咲良の膝を見ながら訊いた。

「蹴られたとこが痛い。そっちは?」

「全然平気」

強がる俺の顔を、咲良は疑《うたぐ》るような目で覗き込む。

「ってこともない……」

すぐに折れた俺を彼女はくすりと笑った。

元気そうな咲良の様子に、ちょっと安心した。

ひんやりした森の中は鳥の声が響き、朝の光が差し込んでいる。以前、咲良を尾行したときもこんな感じだったなと思った。

長い階段を上り、灯台の展望室に入った咲良は、窓に歩み寄って外を眺めた。俺もそれに続き、横に並んだ。

朝日を浴びた海はきらきらと輝いている。雲ひとつない空は、それだけで心を解放してくれるようだ。

「昨日、海に落ちたとき……」咲良は前を向いたまま言った。

「夢を見たの……」

俺は同じく外を見たまま、

「……俺も」と返した。

そして——、

「……優也が出てきた」

二人同時に口にした。

顔を見合わせた俺たちは、驚くというよりは、なにかを確認し合ったように思えた。それはきっと、同じ夢を共有したことであり、同時にそれが夢ではなく本当にあった違う世界のこと、という確信だった。そしてそれ以上はお互い、そのことについてなにも話さなかった。

咲良は再び顔を前に向け、窓の外に広がる海を見つめている。

なぜだかこのとき、やっと咲良が俺のことを許してくれたんだと感じた。別に笑ったり晴れやかな顔をしているわけではない。でも、その瞳は、堤防や岬で前を見つめていたときとは違う。あの哀しい醒めた目ではない。学校で見せる睨みつけるような視線でもなかった。優也と話していたときと同じ、彼女が本来持っている純真な眼差しのような気がしたんだ。

だが、これでもう完全に、彼女が俺たちの学校に通う理由はなくなった。優也もおらず、復讐する相手も許した以上、そこにいる意味はない。そう考えると、今朝の不安——咲良がこのままいなくなってしまうんじゃないか——が甦った。だから彼女は学校に行かずに、灯台に来たのではないか……？　依然として俺は、咲良が消える恐怖を振り払えずにいる。

しばらく経って、思い切って言った。

「行こっか……」

「……どこへ？」

「学校……」

咲良は静かに「うん」と頷いた——。

閉まっている校門を前に、二人は立ち止まっている。

始業時間はとっくに過ぎており、登校する生徒は俺たちだけだ。校庭にも人の姿はない。向こうに見える校舎には、授業中の教室の気配が感じられる。

「今から行くのは勇気いるな」

俺は咲良の方を向いて言った。

彼女は黙ったまま、前を見据えている。

咲良の横顔が好きだ。いや、咲良のことが好きだ。

今まで見てきた彼女の姿が思い出される――。トイレでびしょ濡れになっていた姿、ブラジャーを取り返して俺をひっぱたいたことや上履きの中にボタンを返してくれたこと、教室を破壊する様子や俺の手を取って逃げる姿、そして、崖から飛び降りたあの瞬間……。色んなことがあった。

だが、決して状況が良くなったわけじゃない。今もなお、クラス中を敵に回していることに変わりはないのだ。

俺は彼女の横顔に問いかける。

「大丈夫？　いじめは終わってないし、問題はなんにも解決してないんだぜ？」

咲良はすっと俺の方を見て、

「二人なら平気」

と笑みを浮かべた。

俺は、ようやく確信が持てた。今朝の夢は、もう正夢になることはないと……。

そうして俺たちは、閉ざされた重たい鉄柵をガラリと横に開け、校庭に足を踏み出した。

学校の上に昇った太陽は、ぎらぎらと輝いて、もうすぐくる真夏を予感させた。

本書は書き下ろしです。
この物語はフィクションです。作中に同一の名称があった場合でも、
実在する人物・団体等とは一切関係ありません。

宝島社
文庫

スクールカースト復讐デイズ
正夢の転校生
（すくーるかーすとふくしゅうでいず　まさゆめのてんこうせい）

2021年2月18日　第1刷発行

著　者　柴田一成
発行人　蓮見清一
発行所　株式会社 宝島社
〒102-8388　東京都千代田区一番町25番地
電話：営業 03(3234)4621／編集 03(3239)0599
https://tkj.jp
印刷・製本　株式会社廣済堂

ISBN 978-4-299-01293-7